三雲岳斗 illustration マニャ子

Kadokawa Fantastic Novels

第一話

人工島的夕陽

「咯咯咯……易如反掌。此等小技倆一旦到吾手裡就形同兒戲。」

在放學後的空教室。通稱「魔族社」的魔族特區研究社社辦裡。

穿制服的嬌小少女耀武揚威地朝著擺在桌上的鏡子撂話。

如虹彩般隨光源變換色澤的鮮明金髮，炯亮似火的碧眼。

儘管擁有人偶般的標緻美貌，純真無邪的笑容卻顯得稚氣。

從少女現在的模樣，應該無人能想像她在過去是被稱為第四真祖的世界最強吸血鬼吧。

第十二號「焰光夜伯（Kaleido Blood）」奧蘿菈·弗洛雷斯緹納——

那曾是她的名字。

「奧蘿菈，妳學會自己綁制服的緞帶了啊。好厲害喔。而且結綁得很漂亮，這樣妳上完體育課要換衣服也沒問題嘍。」

奧蘿菈驕傲地秀出緞帶，曉凪沙便坦率地誇獎。

要說這樣寵溺得太過頭，那倒也是，然而奧蘿菈在冰塊之中沉睡了好幾百年，對於現代社會的風俗習慣都不了解。穿學校制服這件事對奧蘿菈來說仍是新鮮的體驗，而她學會了自己綁緞帶，則可稱作極其感人的努力成果。

「好了，我這邊也弄完嘍。怎麼樣？」

接著凪沙拿出另一面鏡子，並且照出奧蘿菈的後腦杓。

將麻花辮編得像皇冠一樣的華麗公主頭。當奧蘿菈跟緞帶搏鬥的這段期間，凪沙就把她特徵明顯的金髮做了造型來玩。

「哇啊……誠、誠可嘉也……！」

奧蘿菈睜大眼睛，興奮得一邊從鼻孔呼氣，一邊對凪沙投以尊敬的目光。

「啊哈哈，謝嘍。」

凪沙摸了摸像溫馴小動物的奧蘿菈，還把她摟進懷裡哄。吸血鬼與人類——她們倆別說人種，連種族都不同，可是這樣互動起來簡直就像親姊妹。

「凪沙與奧蘿菈的感情真好呢。」

姬柊雪菜望著她們倆嬉鬧的模樣，柔柔地露出微笑。

正式來說，凪沙與奧蘿菈並非魔族社的社員。今天似乎是身為學姊的藍羽淺蔥交代有急事，她們才被找來社辦。凪沙她們是第一次到社辦，因此雪菜今天相當於她們倆的領隊。

「畢竟從某方面來講，她們跟姊妹差不多。」

曉古城一邊嘗起社辦準備的零食，一邊苦笑。

奧蘿菈·弗洛雷斯緹納曾經死過一次。

為了阻止被造為弒神兵器的第四真祖身上惡意設置的陷阱(Booby trap)——「原初的奧蘿菈」失控，她主動選擇了殉死。

而凪沙救了那樣的奧蘿菈。

擁有強大靈媒能力的凪沙接納了奧蘿菈理應消滅的靈魂，封印在自己的體內。而且在奧蘿菈重獲肉體復活之前，她們都名副其實地活得一心同體。

或許是因為這樣，她們倆至今仍感情要好。對熱心的凪沙來說，不諳世事的奧蘿菈應該就像個值得照顧的妹妹吧。

「呃……學長，請問你對奧蘿菈……」

古城溫柔地瞇起眼睛，雪菜一邊偷瞄那樣的他一邊嘟囔。

「咦？」

「沒、沒事……沒什麼。」

古城反問，雪菜連忙從他面前將目光轉開。

雪菜欲言又止的態度讓古城露出了納悶的神色，但是他沒能針對那一點問些什麼。因為社辦的門被猛然打開，有另一名學生衝了進來。

那位女學生制服穿得品味獨具，還留著亮麗髮型。

正是將雪菜等人找來這裡的當事人藍羽淺蔥。

「抱歉，久等了。」

呼吸仍然有點喘的淺蔥把搬來的大紙箱擱到桌上。

接著她對古城投以公事公辦的眼神，彷彿在說：你來得正好。

「啊，古城。那月美眉在找你喔。她要你立刻去教官室。」

「那月美眉找我？」

不祥的預感湧上心頭，古城不禁板起了臉孔。因為根據以往的經驗，他被南宮那月找去時，幾乎從來沒有平安收場的記憶。

「她找我幹嘛？我的出席天數應該夠吧？最近考試也沒有不及格……」

「不曉得，但好像跟攻魔局有關喔。她好像很急，你是不是趕快去比較好？」

「我總覺得只有負面的預感耶……」

古城感到心情沉鬱，不甘不願地起身。

「抱歉，凪沙、奧蘿菈。今天妳們自己先回家吧。」

「好好好。加油喔，古城哥。」

「可也。吾聽從汝的心願。」

「妳也太誇張了。」

心口不一的奧蘿菈沮喪地垂下肩，古城輕輕摸了摸她的頭。

兩人在重逢初期還有些尷尬，但古城現在跟奧蘿菈相處的距離感已經與親妹妹一樣親暱了。

雪菜則狀似心情複雜地目送古城的背影。

上一代的第四真祖奧蘿菈之所以受到古城庇護，用意是避免多生事端，日本政府應該也樂見這樣的狀況。

由獅子王機關派來監視的雪菜，並無理由感到不滿。

儘管如此，雪菜的表情卻鬱鬱寡歡。

她對心有疙瘩的自己感到困惑。

不知道是否察覺了雪菜那樣的心境，淺蔥用力拍響手掌。她在古城離開之後關上社辦的門，還確實地上鎖，然後重新面對雪菜等人。

「那麼……礙事鬼不在了，我們也來處理該辦的事情吧。」

「該辦的事情？呃，藍羽學姊？請問為什麼要鎖門……？」

雪菜用狐疑的語氣問道。

因為淺蔥看起來像是將古城支開，接著就軟禁了雪菜她們。

然而，淺蔥反倒一臉不可思議地回望雪菜說：

「畢竟被人看見的話，不就傷腦筋了嗎？」

「被人看見？看見什麼？」

「嗯？裸體啊。」

「……裸體？」

雪菜一瞬間無法理解對方說了什麼，錯愕地眨起眼。

淺蔥則來到雪菜旁邊，還俐落地解開雪菜的制服緞帶。

「來吧，脫掉。」

「什、什麼……？」

「脫制服，因為會礙事。這樣又不能拍攝。」

「拍、拍攝……？」

「不要緊，我會保護妳的隱私權。」

「我根本聽不出哪裡不要緊耶！哪裡不要緊了？」

「好啦好啦。趕快做好覺悟。凪沙，我要脫她們的衣服，來幫忙。」

淺蔥一邊將節節後退的雪菜逼到牆邊，一邊朝凪沙喚道。

剛才淺蔥使用的是「她們」這個詞，意思是似乎不只雪菜，就連奧蘿菈都是要扒光的目標。

凪沙愣了片刻，但是一看見淺蔥帶來的紙箱內容物以後，她立刻便會意過來似的毅然笑了笑。

「知道了。那我幫奧蘿菈脫衣服，雪菜就麻煩妳了。」

「咦！」

「包在我身上。」

奧蘿菈怕得發不出聲音，反觀淺蔥則露出滿意的神色。

至於雪菜沒料到朋友會背叛，因而絕望地大喊出聲。

「咦……咦咦咦咦咦咦？」

1

南宮那月在彩海學園擔任英文教師，同時也是隸屬攻魔局的國家攻魔官。

為保學生的安全，魔族特區內的教育機構有義務要常駐一定人數的攻魔師，而持有教師執照的攻魔官可說頗受重視。

而在那月的辦公室迎接古城的人，是個有些令人意外的人物。

對古城來說也算學妹的鬼族少女(Ogress)——香菅谷雫梨・卡思緹艾拉。

「古、古城！」

古城一踏進房間，急得形同撲上來的雫梨就貼到了他身上。

她的眼裡帶著一絲淚光，失去血色的嘴唇很蒼白。必須傳達情報的義務感與恐懼交雜，令她內心的混亂顯而易見。

「卡思子？原來妳也被那月美眉叫來了……欸，啥情況？」

「出來了！出來了啦！雖然都到這個年紀，說這種話滿不好意思的……」

「妳說的『出來』，是指什麼……」

古城困惑地蹙眉，同時低頭看向聲音哽咽的雫梨。

平時強悍的雫梨，雙手正在顫抖。就算是古城也察覺得到雫梨目前的精神狀態不正常。應該是發生了令她大受刺激的事情吧。

「這、這樣啊……我是不是去買件內褲讓妳換比較好？」

「我、我剛才說的話並不是失禁的意思！」

雫梨發現古城明顯有所誤解，面紅耳赤地吼了出來。

「咦，奇怪？那到底是什麼出來了……？」

「我說的是幽靈啦！幽靈！」

「……幽靈？」

古城帶著疑惑似的表情反問。

雫梨身為修女騎士（Paladiness），算半個神職人員，古城對於她怕幽靈的事實有些傻眼。照理說，驅逐惡靈反倒是她的專業才對。

「很遺憾，她沒有騙人喔。」

雫梨激動得無法對話，在房裡的另一名人物接手替她繼續說明。

坐在迎賓用沙發的是個臉孔端正的嬌小少年。在他旁邊還坐著一個擁有獸耳特徵的獸人種少女。對古城來說都是熟識的朋友。

「琉威與優乃……？」

「呀喃～城城，好久不見！」

「你們怎麼會來我的學校？」

古城設法將黏著自己不放的雫梨扒開，並靠近他們倆。

宮住琉威與天瀨優乃——是在魔法虛擬空間「恩萊島」跟古城一起生活過的前隊友。

他們目前的職業是在絃神新島設立事務所的民營攻魔師。

他們出現在彩海學園，對古城來說就是意想不到的狀況了。

「據說人工島管理公社提了委託給他們。」

那月回答了古城的疑問。身為房間主人的她正坐在豪華的骨董椅子上，翻閱著一疊厚厚

的報告書。

琉威他們似乎帶了那份報告書過來給那月。

「妳說的委託是指？」

「在人工島南區的地下結構體有大規模排水設備，你知道吧？」

「知道啊……就是那座大得誇張的地下隧道嘛？」

「有目擊情報表示，那條排水道出現了幽靈。」

「幽靈？真有那種玩意出現？」

古城訝異地看向雫梨。雫梨生氣似的挑眉回答：

「我剛才就是那麼說的！」

「雖然沒有造成人為損壞，不過為了保險起見，人工島管理公社委託民營攻魔師進行調查。沒想到他們找的民營攻魔師跟那個傻裡傻氣的修女騎士認識，這倒是有點意外。」

「啊……」

原來如此——古城理解狀況了，琉威與優乃則露出苦笑。

「據說這陣子，維修機器人接連在那條排水道發生事故。有七台失蹤，有兩台被發現淪為殘骸。那可是一台造價要一千萬圓以上的機體。當下造成的損失已經接近一億圓。」

那月說完，就把報告書遞給古城。

古城實在不太想牽扯在其中，但是他判斷違抗也沒用，只好接過報告書。報告書有兩份，一份是人工島管理公社準備的委託書，另一份則是琉威他們製作的調查報告。

「關於被發現的機器人殘骸，機體本身沒有受到物理性損傷。損毀的原因似乎是經年劣化。」

「經年劣化？」

「對。彷彿擱置了幾十年，漸進地產生腐蝕。」

那月用平淡的語氣告知。

古城瞥向貼在報告書上的照片，訝異地瞇起眼睛。

上頭拍到的機器人框體滿是鏽蝕，破破爛爛的。看起來實在不像幾天前仍在運作的現任機種。

「那是詛咒……肯定是詛咒不會錯……！」

雫梨盯著報告書所附的照片，肩膀顫抖。

古城斜眼望著雫梨那樣的臉龐說：

「妳明明是神職人員，對詛咒怕成這樣行嗎……？」

「有什麼辦法！誰教幽靈真的出現了嘛！」

「接獲幽靈的目擊情報是真有其事。」

那月肯定了雫梨的發言。

「前往回收機器人的幾名作業人員都能作證。攻魔局也是因為如此，才向民營攻魔師提出委託……」

「換句話說，卡思子跟琉威他們一起鑽進了排水道嗎？然後還真的目擊到幽靈了啊。」

原來如此——古城理解狀況，吐了口氣。

由於年齡上的限制，雫梨仍不是正式的攻魔師，但她原本是在琉威等人的隊伍擔任班長。那樣的她隨行前往調查並沒有什麼奇怪之處。

「猝不及防——！冒出了好多幽靈！我們還看到了前所未見的奇怪景象……！」

「冒出了好多幽靈？原來幽靈不只一個？」

雫梨比手畫腳地拚命說明幽靈造成的威脅。

「是啊。雖然不算成群結隊，但我們確認有複數幽靈存在。」

琉威回答了古城的疑問。優乃也難得神情正經地附和：

「現場有動靜是無庸置疑的。可是摸不到它們，應該說一靠近就立刻消失了。」

「聽起來還真像幽靈。」

「我從一開始就是那麼說的！」

雫梨狀似不滿地扯開嗓門。

「知道了知道了。」古城隨口應付，並把硬擠過來的她推回去。

「哎，我知道有幽靈出現了，不過為什麼要找我來？」

「目前幽靈尚未造成人為的損失，然而維修機器人遭到破壞也是個問題。總不能就這麼放著不管吧？」

那月用毫無感情的眼神看向古城。

「那我了解……欸，該不會是要叫我設法處置幽靈吧？」

古城朝那月投以提防的視線。他發現她是想把人工島管理公社應付不了的棘手問題全推給自己。

「接下調查工作的固然是我們，可是驅逐幽靈不在我們的管轄範圍內啊。你想嘛，我們隊伍的專長是物理性攻擊。」

優乃略顯為難地托詞，然後吐了吐舌頭。

雫梨與優乃屬於十成十的肉搏戰打手，琉威則是狙擊手。儘管火力高且機動性強，面對不具實體的幽靈，傾向物理性攻擊的香菅谷班便缺乏打擊的手段。

然而那對古城來說也一樣。

「那我了解，但我也沒有對付過亡靈（Ghost）或生靈（Wraith）耶？」

「只要你去調查排水道，姬柊雪菜自然也會跟著去吧？」

「姬柊？」

級任導師突然指出這點，使得古城愣愣地眨了眼睛。

「對喔，靠她的『雪霞狼』可以強行消滅靈體……等等，你們居然從一開始就把主意打到姬柊頭上，而不是要找我喔？」

「畢竟由攻魔局向獅子王機關求助的話，會有許多綁手綁腳的麻煩處。」

那月毫不慚愧地講明。

或許是縱向行政帶來的弊病吧，那月任職的警察廳攻魔局跟雪菜隸屬的獅子王機關關係很差。即使知道雪菜持有的七式突擊降魔機槍能有效對付亡靈，攻魔局似乎也無法拉下臉求援。

「更何況，我對那所謂維修機器人的損壞方式也有點在意。」

「啊……剛才說是因為經年劣化才壞掉的嘛。」

「假設那屬於剝奪生命力的吸收型攻擊，不老不死的你要應付也沒問題吧？最糟的情況下，你把姬柊雪菜納為血之伴侶就行了。」

「麻煩妳別隨口忽略掉姬柊的意願及人權之類的。」

古城語帶嘆息地向那月抗議。

另一方面，他也理解自己無法違抗那月的委託。

儘管這並非古城自願獲得的力量，他既是被稱作第四真祖的世界最強吸血鬼，更是這座島——絃神市國的領主。既然島內發生異變，還讓島民的生活遭受威脅，古城就有義務解決那些異變。

「我明白了。總之，由我跟姬柊去調查排水道的幽靈就行了吧。」

「就算在地下隧道裡不會有人看見，你跟女人卿卿我我還是要節制點。畢竟那種笨蛋情侶在恐怖片裡都會率先遭殃。」

「妳叫誰笨蛋情侶啊！是妳要我帶姬柊去的吧！」

那月說的話分不清是認真或開玩笑，讓古城聽得破口大罵。

「那裡有詛咒！請你千萬要小心詛咒！」

在如此的情況下，只有雫梨始終用萬分嚴肅的語氣對古城提出警告。

2

在社辦落得全身只剩內衣褲的雪菜，正用雙手平舉的姿勢無所事事地站著。

淺蔥則朝著那樣的雪菜舉起手機鏡頭，拍攝她的全身上下。

可以曉得的是，同樣只穿內衣褲的凪沙與奧蘿菈都一臉興致勃勃地盯著雪菜，讓她很不自在，然而淺蔥並非在惡整雪菜。

她的目的是要替雪菜測量身體數據。

「最近的手機ＡＰＰ性能很強喔。測量三次元的數據可以準確到公釐單位。那麼，接下來妳能不能背對我這邊？」

「好、好的。」

雪菜照著淺蔥的吩咐，當場轉了一百八十度。凪沙與奧蘿菈看到她的模樣，發出了「噢！」的感嘆聲。

「哇，雪菜，妳的背好漂亮～」

「嗯，猶如未遭玷汙的初雪。」

「用、用不著說那些話……！呃，藍羽學姊………請問真的有需要訂作禮服嗎？我倒不介意用租的耶。」

雪菜羞得紅著臉嚶嚶地問。

原本雪菜就不太在乎自己的外表，對於打扮幾乎沒興趣。即使說要量身訂作禮服，她的真心話仍是嫌麻煩。

「不行。」然而淺蔥立刻駁斥了雪菜的意見。

「我們獲邀參加的，可是Magaul Atoll主辦的舞會喔。紘神市國的人要是穿得一副寒酸樣赴約，會被對方看扁吧。」

「Magaul Atoll……『聖鳥環礁』嗎？那是東南亞地區的魔族特區吧。」

雪菜眼裡浮現了些許疑惑之色。

聖鳥環礁位在南海南部，屬於相對較新的魔族特區。

負責管理該處的是東南亞王國聯盟——通稱「十六大國」成員國之一的卡提加拉聖公國。雖為小國卻有豐富魔法資源，以經濟發展顯著而聞名。

照淺蔥的說法，他們似乎從卡提加拉那裡收到了圖葉公女寄給第四真祖的邀請函。對方希望能邀請第四真祖，在約兩個月後舉辦的聖鳥環礁新總裁就職派對上擔任來賓——事由便是如此。

「淺蔥，妳說的禮服，連我們的份都會訂作嗎？」

凪沙一邊把手伸進制服上衣的袖管，一邊問道。她和奧蘿菈都已經量完尺寸了，奧蘿菈再次跟制服緞帶展開搏鬥。

「當然嘍。費用是由人工島管理公社支付，所以妳放心。那個紙箱裡面裝了型錄還有布料的樣本。」

「型錄？我要看我要看！好期待喔，奧蘿菈，不曉得有什麼樣的款式……」

「與、與吾相稱的絢麗衣裳位在何方……？」

凪沙與奧蘿菈都顧不得換衣服，只管翻起厚厚的禮服型錄。

正因為是公女主辦的舞會要用的，型錄裡刊載的禮服款式全都華麗得像從童話世界躍然而出。

「……為什麼卡提加拉的公女要寄舞會邀請函給曉學長？」

雪菜用仍有戒心的語氣詢問。

淺蔥淡然地聳肩笑了笑。

「同樣身為魔族特區的代表，對方想打好關係吧。至少表面上是這樣。」

「是喔……」

「在紘神市國這種新興而弱小的半獨立國家看來，肯認同的國家增加是難能可貴的事；而對於聖鳥環礁那些人來說，能跟第四真祖搭上線也有好處啊。」

「是那樣嗎？」

「至少對該國的公女而言，跟真祖建立關係好像是滿迫切的問題。」

淺蔥有些冷漠地告訴雪菜。

「為什麼呢？以聖鳥環礁的情況來說，他們不像阿爾迪基亞王國那樣與夜之帝國（Dominion）相鄰吧？我倒不覺得他們需要第四真祖來當嚇阻力……」

「唔嗯～我也不清楚細節，但是十六大國的加盟國當中，有的國家與『破滅王朝』關係匪淺，有的國家則是與『混沌境域』走得很近。因為兩派勢力跟當地的距離差不了多少。」

「意思是，他們分成了第二真祖派與第三真祖派？」

「似乎是那樣。然後呢，而當魔族特區舉行典禮，照慣例都會邀請在聖域條約機構有地位的吸血鬼真祖參加——」

「這表示跟國內派系無關的第四真祖到場，就可以避免多生事端？」

「而且紘神島在地緣上跟聖鳥環礁比較近，也是個邀請第四真祖的理由。」

原來如此——雪菜接納了淺蔥的說明。

在魔族特區的典禮上，無論邀請第二真祖（艾索德古爾）或第三真祖（嘉妲）到場，皆難免引起敵對派系反彈。

就算這樣，同時邀請雙方並不是個好辦法。

要是讓那兩位碰面，事情絕無可能平安收場，而且真祖之間一旦鬥起來，哪怕只是玩玩，小小的環礁島嶼也難保不會消滅於彈指之間。

卡提加拉公女就是被夾在派系鬥爭之間左右為難，才看上了立場中立又屬於新興勢力的第四真祖。

「哎，所以嘍，我方也希望盡可能多派戰力到聖鳥環礁。第二真祖或第三真祖本人應該不至於發牢騷，但她們的部下未必不會有動作。」

「請問……讓凪沙和奧蘿菈參加那樣的活動，不要緊嗎？」

難道不會發生危險嗎——雪菜壓低聲音指出了問題。

雖說奧蘿菈是上一任第四真祖，但她幾乎沒有戰鬥能力。與凪沙合力的話，好像姑且還可以召喚眷獸，然而凪沙在戰鬥方面也是外行人。

而且她們跟古城都關係深厚，萬一遭遇生命危險或被擄為人質，風險將無從估計。儘管對期待穿禮服的兩人過意不去，可是將她們留在絃神島比較明智才對。

「我也是那麼想啦，但這要看古城。」

淺蔥難得用不乾脆的語氣說道。那句話讓雪菜吃了一驚。

「是曉學長……希望帶她們去的嗎？」

「對。我問古城想帶誰參加舞會，他就說奧蘿菈。當場秒答喔，秒答。起碼也煩惱一下嘛，真受不了……」

「咦……」

雪菜的眼神大為閃爍。

儘管雪菜無緣參與光鮮亮麗的活動，卻知道男性帶家人以外的女性參加舞會有什麼樣的含意。

對古城來說，這次舞會是他身為第四真祖的官方行程。而第四真祖選擇的女伴，自然會被當成他的情人或訂婚對象。

而古城選了奧蘿菈當女伴。

既沒有找親妹妹凪沙，更沒有找雪菜或淺蔥，而是挑奧蘿菈——

「學長要帶奧蘿菈參加……這樣啊……」

雪菜故作平靜的聲音正在發抖。

淺蔥似乎顧慮到那樣的雪菜，連忙想說些什麼。

然而在她開口前，魔族社的社辦裡就發生了異狀。

天花板附近的空間如漣漪般蕩漾，隨後便有人影從中被吐了出來。

「唔喔喔喔喔！」

「咦？」

曉古城撞倒位於著陸點的桌椅，並且摔到了地板上。

雪菜她們只能茫然望著毫無前兆地掉下來的古城。

「痛痛痛……那個臭老師，居然還是這麼胡來……」

古城一邊叫痛一邊起身，接著忽然停下了動作。

他望向只穿內衣褲杵著的雪菜，還有正在換衣服的凪沙與奧蘿菈，面無表情地眨眨眼睛。

「古城……你從哪裡跑進來的啊！」

淺蔥率先從驚嚇中振作，壓低聲音質問古城。

「欸，等等……是那月美眉說事情交代完就快滾，還用了空間移轉把我攆出來……話說，這裡是社辦吧……姬柊她們怎麼會只穿內衣褲……？」

古城拚命找藉口，但他似乎不明白自身所處的狀況。總算回神的雪菜急忙要遮住自己的身體，然而這時候古城已經被淺蔥擰著耳朵帶出社辦了。

「反正我們到外面談一下吧？喂，你要看多久啊！」

「唔喔！我的眼睛……！」

「唉……」

雪菜一邊聽著被淺蔥戳眼的古城窩囊地慘叫，一邊深深地嘆息。

而在雪菜的旁邊，奧蘿菈只是手足無措地望著古城他們的身影。

3

形同被趕走的古城離開學校之後，就跟雪菜一起走在沿海的平緩坡道上。他們正要前往位於人工島南區地下的排水道入口。

為了保護臉部不受烈日照射，古城戴起連帽衣的兜帽，壓低至眼前。

即使如此，還是難以完全掩飾他面對雪菜的尷尬之色。

「啊……抱歉，姬柊。」

「不、不用再提那件事了，請學長忘記吧。再說南宮老師不經確認就動用空間移轉也有責任……！」

「呃，那也是啦。但還讓妳陪我做驅逐幽靈的差事。」

古城慵懶地嘆氣，露出由衷過意不去的表情。

那月讓古城前往調查排水道，是為了將負責監視第四真祖的雪菜捲進這起事件。雪菜理應明白那一點，卻毫無怨言地隨行，古城不禁也對她產生感謝之意。

「沒關係的，學長。反正比起在舞會上當女伴，來驅逐幽靈比較適合我……」

雪菜自嘲似的淺淺一笑，低聲嘀咕。

古城納悶地看了她。

「舞會？妳在說什麼？」

「不，沒事。重要的是，學長說的排水道入口是這個嗎？」

「對啊。姑且是這樣才對。」

古城一面攤開那月給的地圖，一面確認周圍的景物。

在流經人工島內的運河河口附近，有座高度約四、五公尺的水道開口。水道的斷面幾乎呈正方形。內部既沒有照明也沒有其他東西，只是一條殺風景的地下隧道。

「我有聽說全長六公里，不過這規模超大的……」

古城探頭看向昏暗的水道內部，生厭地嘆了氣。

一想到為了調查不知是否真會出現的幽靈，得進入這座散發霉臭味的隧道，即使是對黑暗適應力強的吸血鬼也不禁感到消沉。

「畢竟絃神島降雨量多啊。而且在颱風會經過的路徑上……」

「人工島南區的設計比其他人工島舊，據說就是因為如此，才會留著這種原始的排水設備。」

古城打開借來的手電筒，然後踏進了水道。揹著黑色硬盒的雪菜就跟在後頭。

由於是下大雨才會使用的設備，隧道內目前是乾的。濕度雖高，環境卻幽涼，氛圍與鐘乳洞有幾分類似。

「幽靈出現不曉得跟設備陳舊有沒有關係？」

「誰知道。即使說比其他地方舊，頂多也就五年或十年的差異，我倒覺得還在誤差範圍內。」

古城一邊到處張望，一邊用生硬的語氣問道。而雪菜仰望古城的側臉，感到意外似的揚起眉。

「學長，你該不會是在緊張？」

「當然緊張吧。有幽靈耶。」

「呵呵。」

雪菜噗哧笑出來，回望她的古城氣惱地撇撇嘴。

「沒什麼好笑的吧。都說隧道裡容易鬧鬼，卡思子也一直在嚇唬人。」

「是啊。不過學長明明是世界最強的吸血鬼，居然會怕幽靈。」

「我可沒說自己怕，只是稍微提防。」

「也對呢，呵呵。」

大概是古城逞強的反應逗樂了雪菜，她嘻嘻笑個不停。

古城低聲咂嘴，然後用鬧脾氣的表情回望雪菜。

「姬柊，妳對付過幽靈嗎？」

「沒有，因為獅子王機關的劍巫專業是與魔族直接搏鬥。要處置不具實體的幽靈，那就是紗矢華她們負責的範圍了。」

「煌坂啊。這麼說來，她老是把詛咒掛在嘴邊。」

「是的。不過我現在有『雪霞狼』，所以請學長放心。碰上不具物理性實體的對手，

『雪霞狼』的神格振動波會直接產生作用。」

雪菜指著自己揹的硬盒，並且毅然地斷言。

她所持有的銀色武神具是能斬斷各種結界，進而讓魔力無效化的破魔長槍。對於靠魔力或咒力維持存在的靈體而言，可說是相當於天敵的凶猛武器。

「只要交給姬柊妳，即使有幽靈出現也能消滅掉，我這麼想對嗎？」

「不……即使靠『雪霞狼』，要使其完全消滅還是有困難。假如是不具肉體的亡靈，理應會有用來維持意念的依附體。如果不把那破壞掉，就算能暫時讓亡靈無力化，將來仍大有可能會復活。」

雪菜以略顯為難的語氣說明。

「幽靈的依附體……類似於記憶裝置嗎？是什麼人為了什麼目的，才會安排那樣的東西？」

「沒有實際看過依附體的話，實在不好說……畢竟也有魔法師為了保存靈魂而在生前準備魔法陣的前例，而且也無法否定出於偶然的可能性。」

「偶然？」

「也是有剛好就近找到了契合的依附體，而讓靈魂受困其中的情形。」

「像奧蘿菈被焰光之宴波及那樣嗎？」

古城依循著朦朧的記憶喃喃自語。

為了令被封印的第四真祖復活而舉行的魔法儀式——「焰光之宴」。奧蘿茲在該儀式的過程中喪失肉體，變成失去吸血鬼肉體而只剩靈魂的存在。

而那樣的她，找上了凪沙當靈魂的依附體。靠著身為強大靈能力者的凪沙將靈魂維繫於人世，奧蘿茲才有辦法復活。

聽見奧蘿茲的名字，使得雪菜的目光莫名飄忽。

「沒、沒錯。只不過，能像她那樣完整保留人格，我認為是相當特殊的案例。因為一般靈體光是要留下強烈的恨意或執著就已經費盡心力了。」

「強烈的恨意或執著……這樣啊。」

古城忽然停下腳步，神情認真地將視線轉向地下隧道深處。

「那麼……妳覺得它們屬於哪一種？」

「……它們？」

雪菜納悶地抬起臉，朝古城所指的方向看去。

在綿延不絕的排水道深處，有一片開闊的地下空間。那是用來防止倒灌的調壓水槽，能減緩從人工島地表流入的降雨水勢。

高度恐接近二十公尺，長與寬應接近一百公尺。

在那廣闊的空間裡，浮現了不合常理的東西。

飄浮於黑暗中的模糊人影——幽靈。

而且不只一兩具，應該有幾十具以上。

它們察覺到古城等人接近而轉過頭，同時笑出聲來。

4

「這就是卡思子他們看見的幽靈嗎……！數量未免太多了吧……！」

古城一邊預備好隨時逃離現場，一邊綳緊了臉孔。

古城現在也明白雫梨為何有失本色地變得膽怯的原因了。幾百具幽靈在地下隧道蠢動的模樣，實在不是人世會有的惡夢般景象。

幽靈們的外表幾乎沒有共通點。

年齡、性別還有種族都各異。有老有幼；有高大的巨人族、有身高相當於幼童的小妖精族；有人類，也有獸人種——某方面來說，它們應該算魔族特區才有的一群幽靈。

「學長，你弄錯了。」

在流冷汗的古城旁邊，雪菜冷靜地出聲。

雪菜的表情固然嚴肅，聲音裡卻聽不出恐懼或焦慮。

「弄錯？我弄錯什麼？」

「精確來說，它們不是幽靈。」

「不是幽靈？」

「對。要分類的話，我認為比較接近海市蜃樓那樣的自然現象。」

「……海市蜃樓？表示那只是幻影？」

「是的，恐怕不會錯。這就是證據。」

雪菜連長槍都沒有取出，毫無防備地走進調壓水槽。接著她平靜地朝那些幽靈伸出手。

幽靈們沒有對那樣的雪菜起反應。她的手就只是穿過了那些幽靈而已。

「這些傢伙到底是什麼？」

古城也跟在雪菜後面，戰戰兢兢地接近了那些幽靈。

然而，幽靈們還是沒有對古城起反應。它們只是像景象一樣存在於那裡。

儘管也聽得見熱絡的對話及笑聲，有時還傳來怒罵，幽靈們的話語卻毫無意義。

彷彿在看定點監視器記錄的街頭影像。

「與其稱作殘存意念……更接近於記憶吧？我認為它們是這塊土地本身的記憶。」

「土地的記憶？」

「存在本身跟幽靈一樣，但它們沒有意志。真的就像單純的風景一樣，被烙印在這塊土地上。」

「所以才會連景物也完整重現嗎？」

古城對雪菜的說明感到理解，並且幽幽吐氣。

在那些幽靈的背後，隱約映出了絃神島的街景。

那是人工島南區的景象，對古城來說十分熟悉。

即使看得見早已經拆除的建築物或倒閉店家的招牌，但既然那是土地留下的記憶，也就可以理解。

有時還夾雜了古城不認識的建築物，或者服裝莫名奇特的人們，但是對幽靈要求合理的說明恐怕也是白費工夫吧。只能予以接納。

「就這樣放著不管似乎也沒有害處吧。」

古城一邊放下戒心一邊嘀咕。

假如幽靈的真面目是過往的記憶，它們不來干涉古城等人也是可以理解的。

「對啊。不過我覺得要查明原因比較好。說不定這些幻影是在預警會有更大的魔導災害，那樣的可能性並非為零。」

「我想那倒不至於……哎，這種騷動要是發生得毫無理由，也讓人滿頭痛的。記得妳說維持意念要有依附體吧。也許可以來找找那玩意。」

「是的，身為獅子王機關的劍巫，不能就這麼坐視不管。」

雪菜莫名帶勁地握起拳頭。對於有潔癖又責任感強的她來說，應該不會容許連幽靈出現的理由都沒釐清就予以擱置。古城感受到她在解決問題前不願回去的頑固意志，便偷偷地嘆息。

「總之，我們往前一探究竟就行了吧。」

「是的。」

「在那之前，能不能讓我跟凪沙聯絡？晚回去或許會讓她擔心……呃，在這裡果然收不到訊號……」

古城發現手機顯示為圈外，稍稍板起了臉孔。

排水道原本就沒有設想過要讓人類進入，似乎並未設置無線基地台這種方便的東西。

「要先回到出口附近嗎？」

「麻煩歸麻煩，感覺那樣做比較好。順便也向那月美眉匯報進度吧。」

古城對雪菜的提議表示同意。

掉頭沿原路回去實在累人，但古城也曉得勤快回報狀況比較好。

這麼做與其說是為了不讓那月操心——倒不如說，如果發生什麼麻煩，到時候古城才能把責任推給上司。

雪菜彷彿察覺了古城投機取巧的想法，面帶苦笑同時轉向背後。

接著，她訝異似的停住動作。

「……姬柊？」

「呃，學長。我們是沿這條隧道走來的，對不對？」

「啥?根本沒其他路吧……」

古城對雪菜的發言感到困惑，同時望向排水道深處，說到一半的話就被他吞了回去。

古城他們穿過那條隧道來到這裡，是短短幾分鐘前的事。

然而，排水道內卻在那幾分鐘之間完全變了樣。

混凝土牆面裂得面目全非，從龜裂處還滲出了紅色的鏽蝕。

前方則是有如厚實隔牆的成堆瓦礫。隧道的頂部崩塌，使得通道完全遭到掩埋。

「原來如此，這下麻煩了。」

古城不禁感到頭大。

雖然他不明白排水道損毀的原因，但是在魔族特區絃神島，這種程度的災害不算稀奇。

假如是真祖級的眷獸作亂，災情理應不會只有這樣。

衝擊與震動足以讓排水道頂部崩毀，卻感受不到魔力的動靜。

何止如此，瓦礫堆積在這裡，顯然已經過了以數年為單位的時間。

表示這場崩落並非單純意外，很明顯是魔法造成的現象。

「對不起，是我大意了。事先留下來當標記的咒符也已經失去反應。沒想到我們竟然被困在這裡……」

「不……要說的話，我也什麼都沒有察覺。」

雪菜自責地低頭，古城便胡亂隨手摸了摸她的頭。

幽靈本身對於古城他們不構成威脅。可是它們的存在與地下隧道發生的異變，感覺並非毫無關聯。

只因為這樣而認定是攻擊就操之過急了，但至少古城他們被斷了退路是事實。

「靠我的眷獸，要轟開這點瓦礫倒是可以……」

「請住手！學長想掀翻整座島嗎？在這種地下深處動用第四真祖的眷獸，會對地表造成多大的影響……？」

「我明白，只是說說罷了。」

臉色驟變的雪菜逼近面前，古城連忙收回了自己的發言。

即使被稱作世界最強吸血鬼，其實第四真祖的能力幾乎派不上用場。因為眷獸威力太

強，除了無差別破壞之外根本沒用途。

這條地下隧道離人工島南區的基底不遠，只要操控眷獸稍有失手，人工島本身就有隨之崩解的風險。古城對這點事還有自覺。

「杵在這裡也不是辦法，我們往前走吧。」

「好的，我會派出偵察用的式神。」

古城語帶嘆息地提議，雪菜便鬆了口氣似的點頭。

雪菜從制服胸前掏出了金屬咒符，隨後那就化成尺寸約同於小型犬的狼，並且拔腿往幽靈們漂浮的調壓水槽內部而去。

基於從島內各處蓄集雨水的設計，這座調壓水槽與好幾條排水道相連接，只要當中有一條倖存，照理說就可以回到地面上。

然而操控多具式神的雪菜卻臉色凝重。

看來因崩塌而堵塞的，不只古城他們背後這條排水道。

「不行耶。假如起碼能找到施放魔法的痕跡就好了。」

「沒辦法嘍。沒白跑一趟已經很好啦。」

「不，請學長稍等。這前面好像有些什麼——」

雪菜朝著其中一條地下隧道跑去。儘管不是發現出口，但她的式神似乎感應到了其他排水道沒有的異象。

那條地下隧道的牆面也嚴重劣化了。給人感覺沒有經過像樣保養，就這麼擱置了好幾年的印象。

有些許怪聲從那條隧道的深處傳來。是即將損壞的機器所發出的不規則金屬聲響。

「剛才的聲音是？」

「我的式神好像發現了什麼。那是……清潔機？」

雪菜放慢了跑步的速度。

在相當於排水道接縫的部分，倒著一台大小與輕型機車差不多的機器。它卡在混凝土龜裂處，彷彿動彈不得。

機器呈圓筒狀，左右兩旁附了像是旋轉刷的手臂。確實如雪菜所說，看起來倒也像打掃大樓地板用的自動清潔機。

「用來維修地下隧道的機器人。」

「是南宮老師提過的失蹤機體嗎？」

「嗯，大概是。」

古城姑且仍一邊對周圍提高警覺，一邊朝機器人接近。

機器人的數量共有三台，看不出明顯的嚴重損傷。腳邊的輪胎正在空轉，表示電池似乎也還有電。

「我懂了……因為排水道崩塌，這幾台機器人也沒辦法回到地面上……」

「表示它們也是被困在這個空間呢。」

「說不定還有發出求救訊號，但是工作人員在這種情況下，應該也沒辦法來搜救。」

古城抬起歪倒一邊的機器人，幫助它們從地面的龜裂脫困。

總算能活動的機器人閃爍著燈號，像是在跟古城道謝，然後直接朝著隧道內部移動。

古城與雪菜受到它們毫不猶豫的行動牽引，追在那些機器人後頭。因為它們的行動明顯有所目的。

「前面理應是死路……它們究竟要去哪裡呢？」

「誰曉得。換成家用的打掃機器人，只要電量一少，好像就會自己回充電座……」

「充電座……？」

雪菜看似有所發現地抬起臉。

隨後，抵達目的地的機器人停下了動作。

它們前往的地點並沒有充電座。冷靜一想，以淹沒為前提建造的排水道當中，理應不可能有充電座。

相對地，在那裡有一道門。

是用來回收維修機器人的作業艙。

那裡當然也設有供人類作業人員進出的梯子。

「學長，這個是……」

「作業用的聯絡通道嗎……！」

古城與雪菜望向彼此的臉，不分先後地點了頭。

而在古城他們的腳邊，即將沒電的維修機器人一直在原地打轉著。

5

將鎖住的艙門強行扳開，爬上滿是塵埃的樓梯之後，古城與雪菜來到了地表。

然而，等在兩人前方的卻是始料未及的光景。

化為無人廢墟的街容。

「這是……絃神島，對吧……？」

「是的。眼熟的建築物還留著，也看得見標誌與地名……」

古城與雪菜望著被夕陽照耀的大樓群，茫然地低喃。

一望無際的大海環繞著人工都市。那幅景象是他們熟悉的紘神島。

鋪設於島內的單軌列車道及周圍建築也都很眼熟。

然而，街道給人的印象與古城他們記憶中的紘神島有著決定性差異。

全新建築已然褪色，瀕臨倒毀的也不在少數。道路四處可見凹陷，連接相鄰人工島的聯絡橋更斷在中途。

而且島上的居民都不見人影。

唯有停在屋頂上的海鳥們，正感到好奇地俯望著古城他們。

「島上怎麼會變得這麼破舊？難道說，這跟剛才的幽靈一樣是幻覺？」

「不……我感受不到殘留在地下的那種魔力痕跡……但是……現實中怎麼可能發生這種事……」

「在我們潛入排水道這段期間，究竟出了什麼狀況？」

古城一邊朝灑落的夕陽瞇眼，一邊猛搔頭髮。

既然尚未日落，古城他們待在地下隧道的時間，再長也就一小時。然而這段期間，地表的模樣卻像是隔了好幾年般面目全非。

「……不行呢。我派出了式神們搜索，可是島上好像連一個人也不剩了。」

雪菜閉著眼睛把手抵在太陽穴上，用難掩動搖的語氣說道。

古城拿出手機，但是那理所當然似的顯示為圈外。何止如此，現況就連內建的時鐘是否正確都令人懷疑。

「真搞不懂這是怎麼回事……？這裡跟恩萊島一樣是所謂的虛擬空間嗎？」

「恩萊島嗎……的確，如果把這裡設想成一種監獄結界，絃神島會變得面目全非就可以理解。」

雪菜露出嚴肅的表情，並且環顧周圍街容。

恩萊島是先前困住了古城的魔法虛擬空間名稱。

在那座結界的內部，不僅島上的景象與地形，連時間流逝方式都與現實中的絃神島有差異。而且被困在空間裡的人類不會察覺有異。

假如古城他們看見的景象，跟恩萊島一樣屬於虛擬空間，便能解釋絃神島為何會化為廢墟。

「但是——」

雪菜說著，從拎在手上的硬盒取出了銀色長槍。

摺疊的主刃與副刃隨金屬聲響開展，進而轉換成戰鬥模式。

「唔喔……！」

雪菜的長槍釋出炫目閃光，使得古城隨著叫苦聲人仰馬翻。

據稱能斬斷萬般結界的神格振動波光輝。然而即使用那陣光照耀四周，城市的景象也沒有變化。只有古城的眼睛就近照到神格振動波，而遭受了意外的傷害。

「這個世界果然並非虛擬空間。不會錯的，這裡是現實。」

「妳想用『雪霞狼』測試的話，麻煩提前說一聲……」

古城捂著發花的眼睛，語氣虛弱地提出了抗議。

即使照射到能讓魔力無效化的神格振動波，周圍的景象也沒有變化。假如這個世界位於魔法結界的內側，絕不可能毫無反應。姑且獲得證明的，就只有這裡並非虛擬（假造之物）世界這一點。

「這件事先擱一邊，假如這裡是『現實』，紘神島變成廢墟就太奇怪了吧。才短短一小時左右，有可能讓島上全體居民消失嗎？」

「對。所以說，我認為這裡不是虛擬（假造）的，而是不折不扣的異世界。」

「不折不扣的……異世界？」

「是的。這裡是紘神島已滅亡的平行世界。或許學長覺得我說的話很異想天開。」

「不會啦……哎，畢竟也沒有其他的方式能解釋……」

古城一面露出複雜的臉色，一面接納了雪菜的假設。

先不管其中原理，淪為廢墟的紘神島街景存在於眼前是事實。與其說紘神島的全體居民在不知不覺間全消滅了，認定這裡是異世界還比較能讓古城寬心。至少那樣的話，就表示待在原本世界的凪沙與淺蔥等人都與此無關。

「問題在於，我們闖進異世界的原因是什麼。是不小心誤闖進來的，還是被人引誘進來的。」

「被人引誘進來？妳是指……」

「是的。我們有可能遭受了來自某人的魔法攻擊。」

「饒了我吧。原來這不是單純調查幽靈而已啊。」

「畢竟以跟幽靈有關的異變來說，『神隱』算相對常見的。」

「即使妳說常有這種事，也起不了任何安慰的作用啦……！」

古城回望莫名冷靜的雪菜，並且深深地嘆息。

「要怎麼做才能回到原本的世界？」

「我不清楚。如果不知道神隱的原因，也就無從制定對策……」

雪菜有些為難似的無力搖頭。

「意思是需要收集情報嗎？看來會演變成長期戰。」

「是那樣沒錯。對不起。」

「姬柊，妳沒什麼需要道歉的吧。既然如此，要先調查的就是那裡。」

古城環顧四周，然後指向最先看到的招牌。

雖說是異世界，基礎也一樣是紘神島。就算淪為廢墟，古城仍然熟悉城鎮的構造。

只要沿平緩的坡道走下去，前面就是車站前的鬧區。這段路途中有一間大型食品超市。

「學長是說……超級市場嗎？」

「要先取得水與糧食才可以啊。姬柊，妳也差不多餓了吧？」

「不會，我還不覺得……」

雪菜正色搖頭。然而就在隨後——她的肚子微微發出了咕嚕聲響。

那簡直像算準了時機，古城拚命忍住不笑，雪菜則滿臉通紅。

「我、我明白了。暫且在這裡休息吧。畢、畢竟太陽也快要下山了。」

雪菜粉飾似的用了格外正經的語氣說道。

肩膀頻頻顫抖的古城則朝著超市的舊址邁出了步伐。

6

在封鎖的超市內，只有成排積了灰塵，空蕩蕩的商品陳列架。

狀況對古城他們來說是遺憾的，但仔細想想也是理所當然。除非遭遇突發災害而趕著逃命，否則也沒道理特地留下還能賣的商品。

「沒剩什麼可以吃的東西啊……」

「人們在離開絃神島前，好像還有餘裕將商品運走呢。」

古城與雪菜在昏暗的店裡繞了一圈，然後發出失望與寬心交雜的嘆息。

他們倆不知道這裡的人是出於自己的意願離開絃神島，還是被迫逃離。即使如此，絃神島的居民們似乎並沒有不分青紅皂白地遭到屠殺。

沒有食物留下固然遺憾，然而最糟的情況是店裡也可能有人橫屍於此。相較之下，這樣的狀況應該可以說還算好的。

古城他們判斷繼續逗留也沒意義，準備從店裡離開了。

這時候，雪菜察覺通道一隅有未開封的紙箱而停下腳步。

「學長！請看這邊！這個紙箱裡面還有裝東西。」

「罐頭啊，這下得救了。」

紙箱上印刷的商品名稱是糖漬水果。對當下正感到疲倦的古城他們來說，再沒有比這更受用的大餐了。

「好像是在搬運時漏掉的呢。」

「總之，我們似乎可以避免立刻餓死的事態了。」

古城趕緊撕開膠帶，將紙箱開封。謝天謝地的是，那屬於不需要開罐器的罐頭。罐頭表面看不出生鏽或腐蝕的跡象。即使如此，保險起見古城仍將罐頭倒過來，打算確認保存期限。接著他震驚地變得面無表情。

「……學長？」

雪菜看古城忽然沉默，狐疑地蹙了眉。

古城盯著罐頭，困惑似的呼了口氣。

「姬柊，今年是哪一年？」

「咦？」

「呃，關於這上面的日期……妳有什麼想法？」

古城說著，把手裡的罐頭遞到雪菜面前。

罐頭的底部印刷著八碼數字，那是罐頭的製造年月日。

古城之所以大感混亂，是因為那數字匪夷所思。那是從目前算起約二十年後——遙遠未來的日期。

「看起來……不是記載錯誤呢。倘若如此，這個世界就是……」

「對。照計算，至少從我們原本所在的時代過了二十年。」

「這裡……並非異世界……而是未來的世界……？」

雪菜茫然低語，然後驚覺地抬起臉望向外面。

「那麼，絃神島會變成廢墟──」

「表示在這個世界，絃神島已經滅亡了吧。」

古城用嚴肅的語氣嘀咕。

絃神島滅亡的原因不明。不知道是全體居民棄島離去，抑或遭受到某種威脅才不得不逃亡──

唯一能釐清的是，二十年後的絃神島已經無人居住。淪為廢墟的無人街容比任何推敲都更能道盡那樣的事實。

然而──

「算啦。我們先吃飯吧。雖然介意日期，但是罐頭又沒有罪。」

古城爽快切換情緒，把手伸進了罐頭拉環。彷彿狀況的嚴重程度根本就無所謂，那樣的態度讓雪菜傻眼似的瞇起眼。

「學長……」

「怎樣啦。要做出結論，等我們多蒐集一些情報也不遲啊。」

「唉……那倒也是……」

或許是因為一個人操煩也嫌蠢，雪菜跟著拿起了另一個罐頭。她坐到古城的身旁，然後使勁拉開罐頭的蓋子。

然而，雪菜沒有吃到罐頭的內容物。

因為她在那之前就遭受了猛烈衝擊，紘神島開始天搖地動。

「怎麼回事！地震嗎？」

被震飛到牆邊的古城連忙起身。

紘神島是浮在海上的人工島，原本不可能遭受地震侵襲。

儘管如此，會有等同地震的衝擊來襲，就表示古城他們腳邊有難以置信的巨大力量在運作。

「錯了，學長。在搖晃的並不是整座島，只有這棟建築物周圍而已。建築物底下有某種巨大的存在——」

「雖然搞不懂這是什麼情況，但姬柊，我們快逃！待在這家店裡面似乎不妙……！」

「好的！」

古城與雪菜連好不容易找到的罐頭都沒空惋惜，就衝出了建築物。

而映入古城他們眼簾的，是淹沒店面周圍的綠色詭異水窪。有混濁的液體從道路裂痕及排水口等處噴出，進而化成具彈性的巨大塊狀物。

劇烈搖撼地面的正是那團巨大水塊。

「這傢伙是啥玩意……！」

「魔導生物……那是史萊姆！」

「史萊姆？」

「對。據說用初等鍊金術製造的魔導生物，在逃跑後野生化就會變成這樣。不過一般的史萊姆即使長大，直徑頂多也只有二、三十公分，難以相信居然有如此巨大的史萊姆……」

「即使妳那麼說，實物就在我們眼前嘛……」

古城仰望已經膨脹成大型巴士尺寸的史萊姆，臉部抽搐。

史萊姆屬於魔導生物，不知道有多少智慧。然而，當它專程侵襲古城與雪菜所在的建築物時，幾乎可以確定有攻擊的意志吧。

超市招牌接觸到史萊姆的黏液，便滋滋作響地溶解。

古城見狀臉色發青。他察覺這團不定型的魔導生物比外表所見還要危險。

「唔……迅即到來，『龍蛇之水銀（Al Meissa Mercury）』——！」

古城在近乎恐懼的驅使下，召喚了眷獸。

召喚獸的龐大魔力無差別地釋出，讓廢墟城鎮受到震撼。

古城喚出的是覆有水銀狀鱗片的巨大雙頭龍。

能將萬般物質連存在的空間一塊吞噬掉的「次元吞噬者（Dimension Eater）」——

世界最強吸血鬼「第四真祖」所率領的眷獸極其凶惡，毫不留情地將綠色史萊姆的巨軀單方面吞噬殆盡。

周圍空間也跟著被抹去，史萊姆的巨軀消滅得連渣都不留。

古城確認魔導生物的威脅已去，因而鬆了口氣。

彷彿看準那一瞬間的鬆懈，古城背後的人孔蓋彈飛了。

理應消滅的史萊姆從人孔蓋底下像湧泉般噴了出來。

與其稱作其他個體，那應該是原本從史萊姆分裂出的一部分吧。而且，其體積遠比古城消滅掉的個體還要大。恐怕這才是本尊。

「學長！請後退！」

古城驚愕得停下動作，持槍的雪菜便穿過他身旁上前應戰。

銀色長槍一閃而過，原本史萊姆伸出觸手要吸收古城，被她以不費吹灰之力地輕易斬斷了。

「什麼……！」

理應會有的手感之輕，使得雪菜因為出力過猛而失去平衡。史萊姆的巨軀從四面八方殺來，將那樣的雪菜輕易吞入其中。

「唔唔！」

「姬柊！」

悶聲慘叫的雪菜被史萊姆吞進體內，古城急忙朝她伸手。然而，持續增生的史萊姆卻形成一堵牆擋在古城面前。

史萊姆的本尊從地底源源湧出，體型已經膨脹到能與低樓比肩。

「這傢伙……再怎麼說也太大隻了吧！」

古城想再次靠眷獸發動攻擊，卻遲疑似的咬唇。

「龍蛇之水銀」身為次元吞噬者，其攻擊能對周圍空間造成嚴重的負面影響。最糟的情況下，空間產生的裂縫一旦撐開，難保不會引發將整座絃神島吞沒的巨大魔導災害。由於破壞力太強，連要善用都有困難──第四真祖的眷獸儼然體現了其缺點。

「『雪霞狼』──！」

受困於史萊姆體內的雪菜強行揮動銀色長槍。

長槍斬擊對膠狀的史萊姆效果薄弱。然而神格振動波的光輝能讓魔力無效化，對於身為魔導生物的史萊姆就發揮了效力。

不定型的肉體猛烈起伏生波，雪菜從史萊姆表面探出臉孔。儘管沒有成功逃脫，但至少設法免去了因窒息而死的下場。

「這、這怪物……！」

雪菜只用勉強獲得自由的右臂重新持槍備戰。而當她準備用長槍捅入史萊姆的身體表面時，動作就忽然停下。

因為將右臂舉起的雪菜，制服突然變得七零八落了。

「咦？」

自己身上發生意外的異狀，讓雪菜狼狽得倒抽一口氣。

制服在這段期間仍持續解體，不只是制服的上衣，連裙子、襪子還有胸罩的肩帶都逐漸溶解剝落。

「難道……這傢伙正在溶化姬柊的衣服？」

「學、學長，別待在那裡看，幫幫我……啊，不行，不可以！請學長別看我這邊！呀啊啊啊啊！」

當裙子完全溶解脫落以後，雪菜終於發出了尖叫。她甚至忘了要攻擊史萊姆，還拚命想遮掩裸露的身體。

幸好史萊姆只有溶掉她的衣服，雪菜的肉體並未受傷。她的肌膚沾滿了魔導生物的黏液，在夕陽照耀下散發黏膩光彩，倒也可以說有幾分藝術氣息。

「即使妳叫我幫忙，這種東西該怎麼對付啊……」

急壞的古城呻吟。

既然雪菜被史萊姆納入體內，就不能一股腦地靠眷獸的威力進攻。話雖如此，感覺那也不是徒手痛揍就能對付的敵人。

得想辦法救出雪菜，否則必須找手段只針對史萊姆攻擊。

然而即使想找對方的弱點下手，古城對於史萊姆實在知道得太少。

現在知道的是斬擊無效，它會分裂；還能將人類納入體內，溶掉衣物；而且讓魔力無效化的神格振動波還只能勉強發揮作用。

「魔力……我懂了！迅即到來，『蠍虎之紫（Shaula Viola）』！」

古城召喚出新的眷獸。第四真祖的第八號眷獸——「蠍虎之紫」。是生有巨大的蠍尾及翅膀，被紫色火焰籠罩的食人虎（Manticore）。

食人虎體長超過十公尺，但跟史萊姆的巨軀一比倒讓人覺得小巧。即使如此，食人虎仍毫不畏懼地將獠牙扎向史萊姆。

「蠍虎之紫」的能力是毒，還有奪取魔力。好比吸血鬼啜飲人血，古城的眷獸會從敵人身上奪走魔力。

對於靠魔力維持肉體的魔導生物來說，喪失魔力就是最大的弱點。

史萊姆那具備傲人物理抗性而無從對付的巨大身軀，在轉眼間喪失了張力，不久便從內部爆散了。作為魔導生物的細胞喪失魔力，導致它無法維持自己的質量。

「姬柊，妳還好吧！」

雪菜隨著大量黏液摔在地上，古城連忙趕到了她的身邊。

雪菜全身仍濕漉漉的，所幸似乎沒有明顯的外傷。

「是、是的。謝謝學長。」

「有沒有受傷？身體狀況有變化嗎？」

「不要緊。只是衣服被溶掉而已，我的身體沒受到什麼影響……」

「這樣啊……太好了……」

「是的……欸，你要看到什麼時候！」

「抱、抱歉！」

被雪菜含著淚光一瞪，古城慌忙別開目光。

原本晴朗的天空被雲層覆蓋，隨即吹來挾帶濕氣的風。

在年間降雨量算多的絃神島上，驟雨不算罕見。

雨珠滴滴答答地飄落，沒多久變成伴有雷聲的豪雨，洗去了剛才跟史萊姆交戰的痕跡。

7

「唔唔……為什麼事情會變成這樣……」

走在古城身旁的雪菜垂頭喪氣地嘀咕。

雪菜赤腳穿著樂活鞋，身上只披了跟古城借來的連帽衣蓋住內褲，衣著相當無防備且單薄。不僅制服被史萊姆溶掉，在淪為廢墟的絃神島街上也找不到衣物能替換。

「沒想到服飾店竟然連一間也不剩。」

古城神情嚴肅地喃喃自語。儘管服飾店的建築物本身仍然完好，理應留在店裡的衣服卻消失得一乾二淨了。

只剩衣架殘留的金屬零件，還有貼身衣物及床單一類的少數棉織品。

「那隻史萊姆好像是以合成樹脂及化學纖維為食物呢。絃神島之所以急遽化為廢墟，我想也是因為塑膠類製品全數消失所致。」

雪菜仍沮喪似的垂下目光，語帶嘆息地說道。

「溶掉的只限化學纖維嗎……所以妳的內褲才平安無事啊……」

「不必再討論我了！」

雪菜按住連帽衣的下襬，生氣地鼓起腮幫子。

古城一邊聳肩，一邊回頭望向淪為廢墟的街容說：

「不知道絃神島的居民逃走，是不是因為那隻史萊姆？」

「難說呢。那確實是棘手的魔導生物，但我覺得還不至於無法驅除。」

「棲息在絃神島上的，未必只有剛才那傢伙吧？」

「學長的意思是，還有其他類似的史萊姆嗎……？」

雪菜聽了古城的意見，一臉嚴肅地思索。

「也許我們先調查一下比較好。只要能知道絃神島滅亡的原因，說不定等我們回到原本的時代就可以找到方法改變未來。」

「可是我們不一定能回去原本的時代耶……」

雪菜不滿似的嘀咕。古城的態度像是篤定他們回得去，那似乎讓她覺得太樂觀了。

「啊……那總會有辦法的吧。」

「為什麼學長能那麼鎮定呢……？」

「呃，如果只有我一個人，難免會不知所措啦。但是原本的時代那裡有那月美眉和淺蔥她們在，我們也可以期待救援吧？」

古城刻意用不負責任的輕鬆語氣回答。接著他望向立刻想反駁的雪菜，略顯害臊地微微笑了笑。

「更何況，還有妳陪著我啊。」

「什……」

雪菜彷彿遭到出其不意的攻擊，「嗚！」把話吞了回去。

她紅著臉低下頭，莫名幽怨地噘起嘴唇說：

「學、學長，你好狡猾。」

「我哪裡狡猾了？」

「學長都不管奧……奧蘿菈了嗎？」

「奧蘿菈？」

古城帶著由衷不可思議的表情看著雪菜。

「她應該不用我操心吧。有凪沙在，再說她跟葛蓮妲好像也處得不錯。」

「可、可是，學長不是選了她當舞會的女伴嗎……」

雪菜嘔氣似的小聲嘀咕。

「啥？舞會？」

為什麼現在要談到那件事？古城如此心想，納悶地看了雪菜。

緊接著，異變發生了。

彷彿用鑽頭挖臼齒的刺耳噪音在整座絃神島響起，巨岩落地般的震動搖撼了大地。

跟史萊姆引發的地震屬於不同級別的衝擊。凶猛震動讓道路四處下陷，原已傾斜的建築

物陸續倒塌。

「這次又怎麼了！」

「學長……！你看……那邊……！」

雪菜驚訝地睜大眼睛，並且指向了人工島的中心地帶。

在平緩的坡道頂部一帶，有巨大的身影以夜空為背景浮現。

那是一頭前所未見的巨大怪物。

總高度超過十層樓高，寬度則比那更多出一倍。

用一句話來描述它給人的印象，大概是無頭的方形烏龜吧。幾乎占滿軀體正面的血盆大口之中，長著形狀複雜如碎紙機的牙齒，那些牙齒正伴隨巨響將廢墟化的建築物逐步啃碎。

「那傢伙是什麼玩意……！」

古城杵在原地，茫然似的低喃。

那句話當然傳不到巨大過頭的怪物耳裡。怪物巨軀被昆蟲般的外殼包覆，其外殼恐怕屬於生物性的高分子材料。

灰亮的立方體巨軀一路前進，將建築物接連吞入其中。那景象簡直像是巨大的農用收割機在採收作物。

「學長，那大概是魔像的一種。」

「魔像？那應該是破壞性武器才對吧！」

雪菜的說明讓古城強烈地感到憤怒。

假如怪物的真面目是魔像，表示有人正在操控它。目的在於破壞絃神島。應該可以當成實質上的攻擊——或者侵略才對。

絃神島上的居民消失蹤影，肯定也是那個侵略者所致。

在氣得發抖的古城背後，又發出了新的巨響。

有兩座同類型的巨大魔像，從地下逼近般現身。

「怎麼會……魔像的規模如此之大，居然還能準備好幾座……！」

「別開玩笑了……它們真的想夷平絃神島嗎……」

新出現的魔像們將山頂附近的設施陸續粉碎，開始朝海岸移動。其路徑之上，有著古城他們也很熟悉的建築物。

「那棟建築物……」

雪菜頓時臉色蒼白。

就算淪為廢墟，她也不可能認錯那棟設施。因為那建築物是古城等人每天上學的母校。

「是彩海學園嗎！」

古城眼裡也出現動搖之色。

廢棄的校舍中沒有學生，在那裡的是座無人廢墟。

然而，即使頭腦明白那一點，古城他們還是沒辦法平心靜氣。

那是他們與朋友長時間相處過，留有寶貴回憶的建築物。並非來路不明的怪物可以像這樣蹂躪的場所。

「……不要……快住手……」

從雪菜口中冒出軟弱的慘叫聲。

早已習慣為了任務而克制情緒的她，幾乎是在無意識間吐露真心話——聽見那句話，古城瞬間下定了決心。

古城不予限制地釋放了平時下意識壓抑住的魔力。陸續召喚出來的眾眷獸同時朝著魔像展開攻勢。

「就算已經變成廢墟，誰會讓你們輕易毀掉這裡……！」

帶有魔力的暴風化為巨大炮彈，逼退了魔像們。接著更有巨大的雷光形成急雷，從天空朝它們灑落而下。

「莫名其妙被帶來這種地方，已經讓我夠火大的了！雖然不知道你們到底是什麼鬼玩意，假如敢踐踏別人留下回憶的地方，就要付出相當的代價！」

即使硬生生地挨了第四真祖的眷獸攻擊，魔像的身軀仍未損壞。為了支撐其巨軀，魔像全身上下都被強大的魔法屏障籠罩著。

然而，那不是大問題。

那點小事，古城從一開始就料到了，實際上也不足以構成任何阻礙。因為古城並非一個人來到這裡。

「——沒錯，學長！『接下來是屬於我們的戰爭』，對吧！」

雪菜在不知不覺間已經持槍衝出，並且以體能強化咒的驚人速度逼近魔像的巨軀。她手上的長槍隨即一閃而過，打破了籠罩魔像的魔法屏障。

古城沒有放過那轉瞬間的破綻，立刻讓眷獸朝魔像施展雷擊。靠默契發動的攻勢甚至不需要言語。然而——

「這傢伙還能動嗎？未免太硬了吧！」

古城瞪著依舊沒停下動作的魔像咕噥。

「學長，魔像身上會有刻著操控術式的核心！除非把那破壞掉，不然它再怎麼消耗還是能立刻復活！」

「好極了！既然這樣，我就把它連同核心一起變成霧，然後統統吹散！」

古城獲得雪菜的建議，召喚了新的眷獸。

象徵吸血鬼霧化能力的銀色甲殼獸。能讓周圍物質無差別地全變成霧的凶惡權能獲得解放，隨即包裹住破壞都市的魔像巨軀。

魔像們喪失了魔法屏障，已經沒有能力抵抗。被鐵灰色外殼包裹的巨軀將消滅得不留痕跡——

剛這麼以為，一道金黃色光輝便衝過了古城他們的眼簾。

「等、等一下——！」

「什麼？」

少女高亢的嗓音響遍四周，令古城眼神嚴峻起來。

銀霧遭到抹除，理應消滅的魔像勉強保住實體摔倒在地上。古城命眷獸發動的攻擊被人干擾了。

「竟然讓眷獸的能力無效化了！」

「那道光……怎麼會……！」

驚愕之色在古城與雪菜眼裡蔓延。

他們不是驚訝眷獸的攻擊被人擋下，而是理解到為何被擋下才覺得驚訝。

能讓魔力無效化的黃金閃光。那跟雪菜的長槍一樣，是來自神格振動波的光輝。

「唉，真是夠了！我是感受到古城的魔力才急忙從本島趕來的，結果發現你們這麼誇張地在搞破壞！你們以為這種魔像一具要多少錢啊！」

有個嬌小人影一邊發出略顯絕望的慘叫，一邊在古城他們面前著地。

古城與雪菜目睹那名人物的模樣，都茫然地愣住了。

因為身穿彩海學園制服，而且手持黃金長槍的那名少女，長得跟雪菜一模一樣。

「實在搞不懂耶，你在做什麼啊，古城！居然連媽媽也一起幫忙！」

少女將槍尖指向古城，並且用生氣似的口吻說道。

雪菜則望向那樣的少女，狀似困惑地嘀咕：

「媽……媽媽？」

8

隨著魔力散去，少女手裡的黃金長槍也消失無蹤。具備器物外型的眷獸——「活武器(Intelligent Weapon)」解除了召喚。

古城判斷眼前的少女沒有敵對之意，也跟著解除對眷獸的召喚。

儘管雪菜的臉色仍有些不滿，最後還是拗不過似的將長槍不甘不願地放下了。

「妳是……曾在未確認魔獸(Unknown)騷動中出現的冒牌姬柊嗎……？」

古城朝少女問道。

她跟雪菜有著相同臉孔，所用的武器是黃金長槍。古城他們並非第一次見到她。

她曾在Magna Ataraxia Research（MAR）的子公司所引發的未確認魔獸失控事件中現身，當時還鬧過一點風波，並在最後消失得無影無蹤。

古城他們誤闖約二十年後的未來，已淪為廢墟的絃神島，不知道與她的存在是否有關。但是，應該不至於毫無關聯才對。從她保護了打算破壞絃神島的魔像這一點也顯而易見。

古城他們有所警戒，反觀少女的態度卻缺乏緊張感。

倒不如說，她還帶著撒嬌般的親暱距離感瞪著古城問：

「叫我冒牌姬柊會不會太過分了？我姑且也姓姬柊耶……雖說算是因故沿用母親的舊姓啦。」

「母親的……舊姓？」

她的說詞聽得出弦外之音，讓古城有些疑惑。

少女賊賊地露出自信微笑說：

「是的。真正的姓氏可不能告訴你。呵呵，你、會、好、奇、嗎，古城？你會不會好奇？」

「無所謂，反正跟我沒關係。」

事。

「欸，你還說沒關係……」

「咦～」少女露出受傷似的表情，洩氣地垂下肩膀。

接著，她彷彿有話想說地交互指了自己跟雪菜。少女似乎想努力強調她們長得很像這件事。

「我看……妳果然是姬柊的姊妹吧？」

古城靈光一現地詢問。他想起了之前遇見少女時，曾經懷疑過她跟雪菜之間是不是有血緣關係。

實際上，眼前的少女與雪菜相像得嚇人。要堅稱她們倆是毫無關係的陌生人，實在有困難吧。

少女卻回望古城，失望似的無力笑了笑。

「啊……那樣喔……原來你是往那種方向解讀啊……」

「學長……」

連雪菜都莫名沒好氣地斜眼瞪了古城，然後疲倦似的嘆氣。那是對古城的遲鈍由衷感到傻眼的表情。

仔細想想，這裡是跟古城他們原本所在的時代隔了約二十年後的世界。在這個世界的冒牌雪菜跟雪菜會是姊妹的可能性極低。

古城總算也理解自己的推理根本不著邊際了。這樣的話，他倒是越發不明白少女的真實身分——

「操控這些魔像的人是妳嗎？」

雪菜代替古城質問少女。

一瞬間，少女狐疑似的偏頭說：

「魔像？啊，妳在問這些重機械嗎？」

「重機械？」

「它們是用來拆除無用建築物的工程魔導機械啊。這個一具就要十億圓左右，你們卻這麼誇張地搞破壞。人工島管理公社的人會哭出來喔？」

到時我可管不了——少女事不關己似的撂話。

古城蹙眉瞪向冒牌雪菜問：

「是人工島管理公社在操控這些傢伙，打算要破壞絃神島？怎麼一回事？」

「哪有怎麼回事，我才想問你們呢。因為感覺到第四真祖的眷獸氣息，我才會急忙趕來確認，古城跟媽……雪菜，你們怎麼會出現在這個時代？而且還待在解體中的人工島南區。」

「解體中？」

「對啊。因為人工島的法定耐用年限是四十七年。設計陳舊的南區要遷移到後繼的新南區。」

古城聽完少女說明，不禁與一旁的雪菜面面相覷。

絃神島作為人工產物，會依據國家的安全標準訂定耐用年限。之前他們沒有意識到這點，但是聽對方一說就覺得合情合理了。

在古城他們原本的世界，據說人工島南區竣工以後已經過了約三十年。假如又經過二十年，確實超出耐用年限了。即使遭到廢棄也沒有什麼好奇怪。

為了將功成身退的人工島解體，派工程魔導機械拆除無用的建築物更是合情合理。

「遷離……？那麼，這座島之所以都沒有人……」

「解體中的人工島要是有人在，那才危險吧。」

冒牌雪菜斷然打消古城的疑問。令古城如釋重負般嘆了口氣道：

「所以居民沒有因為戰爭或某種災害而死絕啊……」

「什麼跟什麼嘛。哎，雖然差不多發生過十幾二十起……不，我覺得大概有兩百起居民能存活下來簡直是奇蹟的事件……」

「欸，等等，那太扯了吧！難道接下來每年都會發生像真祖大戰或者領主選鬥那種等級的危機嗎？」

古城聽見冒牌雪菜格外認真嘀咕的內容，忍不住吐槽。

在古城成為第四真祖後約一年之間，絃神島已經好幾次陷入存亡的危機。他還以為往後應該不會再有像那樣的大事發生，但如果冒牌雪菜所言屬實，表示那不過是個開頭罷了。

絃神島為什麼以每年十次的頻率陷入全滅危機呢——古城對此大為頭痛，一旁的雪菜也露出吃不消的臉。

「順帶一提，我從剛才就覺得好奇了，媽媽怎麼穿得那麼性感啊？難道你們年輕時流行過那樣的裝扮？」

少女忽然把目光轉向雪菜，還用認真的語氣問道。

雪菜似乎想起了自己目前的穿著，慌忙遮住連帽衣的胸口。

「我、我才不是因為喜歡才穿成這樣的！都是因為遭遇會溶解衣服的大型魔導生物攻擊，制服變得破破爛爛，不得已才……！」

「會溶解衣服的魔導生物……指的是回收者吧。妳被它抓住了啊？真的有那種像漫畫一樣的色色情節嗎……？」

「回收者……我懂了，原來那是為了回收石化製品才製造的生物……」

「噗……啊哈……啊哈哈哈！幸好回收者的溶液對人體無害。居然被只能溶解衣服的史萊姆抓住……妳是不是故意的啊？我曾經以為媽媽天生少根筋，原來從以前就這麼會使心機了……啊哈哈哈！討厭，太有笑點了！」

「什麼跟什麼嘛，開口閉口都是媽媽，妳從剛才到現在究竟在說什麼……！」

「不用那麼生氣吧！古城，救救我！媽媽欺負人！」

冒牌雪菜一邊做作地發出「呀」的尖叫聲，一邊繞到古城背後。

「啥！妳給我離開學長身邊！還有學長，你為什麼要袒護那個女生！」

「冷靜一點，姬柊！我沒有在袒護她啦！」

被雪菜用殺氣騰騰的眼神瞪視，古城不禁舉起了雙手。另一方面，冒牌雪菜似乎明顯是在拿古城他們那樣的互動尋開心。

「——話說，妳到底是什麼人？真的是姬柊的女兒嗎？」

「這個嘛，誰曉得呢。說不定我是有機會成真的可能性之一——請你們目前暫且先這樣想就好了。」

冒牌雪菜緊緊地貼在古城背後，還露出若有深意的表情。

然後她將嘴唇湊到古城耳邊，呢喃似的低聲說：

「你會好奇誰是我的父親嗎？」

「這……」

古城回望笑得像小惡魔一樣的少女，含糊其辭。

少女與雪菜像得驚人。然而她是吸血鬼，而且強得足以匹敵真祖。

可是，即使彼此像這樣將身體緊貼在一起，不可思議的是古城也沒有對她產生任何心慌的感覺。

古城對待她的距離感，近似於跟親妹妹凪沙相處的感覺。

或許是因為古城感受到了少女對他寄予的絕對信任。對古城來說，冒牌雪菜完全不是談戀愛的對象。

然而古城與她之間的這種共通認知，似乎完全沒有傳達給雪菜。

冒牌雪菜始終黏著古城不放，使得雪菜對她釋出認真的殺氣。下個瞬間，銀色長槍毫無前兆地掉頭一轉，隔著古城的肩膀朝少女探了過去。

換成普通人肯定無法全身而退，冒牌雪菜驚險地躲過那一槍。

「哇……！妳做什麼！這樣很危險耶！剛才妳出手滿認真的對不對！照理來講，有人會這麼做嗎！這樣算虐待耶！」

「我剛才警告過了，請妳從學長身邊離開。」

「等等，姫柊！還有妳也一樣，別挑釁姫柊啦！」

古城形同被雪菜與冒牌雪菜夾在中間，拚了命地說服她們倆。

仍持槍備戰的雪菜低聲咕噥：「唔～」

另一邊的冒牌雪菜則朝著雪菜做鬼臉吐舌。

「先不討論妳的身分，這裡真的是從我們那個時代經過二十年後的世界嗎？」

古城想設法改變話題，用疲倦的語氣詢問冒牌雪菜。

冒牌雪菜平靜地點頭說：

「大概是那樣沒錯。哎，時空移轉這種事不算新奇啦。」

「是那樣嗎？」

「是啊。話說，你們怎麼來到這裡的？」

「我們鑽進了絃神島的排水道。因為有幽靈的目擊情報，才去那裡調查。」

「地下的排水設施嗎？哎，都說隧道裡容易鬧鬼嘛。」

面對幽靈一詞，冒牌雪菜仍然面色不改。

她反而理解似的微微聳了肩說：

「狀況我大致明白了。我想我可以送你們回去。」

少女充滿自信地這麼表明，而古城與雪菜用狐疑的眼神望著她。

「──迅即到來，『鑰之白銀(Clavis Argentum)』！」

少女喚出的眷獸，在陰暗的地下隧道裡發出燦爛光芒。如果要找一個詞來形容，那模樣就像水母。外觀長得圓呼呼又討喜，帶有虹色光澤的小髮水母。

「第二頭眷獸啊……」

眷獸的巨軀幾乎將空間算是滿寬敞的排水道占滿，讓古城有些嚇住了。

聽命於冒牌雪菜的小髮水母身懷濃密魔力，即使跟第四真祖的眾眷獸相比也毫不遜色。恐怕只有真祖的嫡系血族，才能在血液裡豢養這等眷獸吧。

無庸置疑，她是真祖與血之伴侶間生下的第二代吸血鬼。古城直到現在才理解這樣的事實。

「妳真的能讓我們回到過去？」

雪菜用戒心畢露的語氣質問少女。

她的聲音露骨地顯得不悅，是因為冒牌雪菜依然貼著古城。而且對方還炫耀似的用尺寸比雪菜還大的胸部抵著古城。

古城沒有甩開冒牌雪菜，則是因為他直覺認為自己表現出放不開而害羞的態度，會造成反效果。

畢竟要對方送他們回去已經欠下人情，只要當她是隻古靈精怪地向飼主撒嬌的貓，應該也不用把態度擺得太絕。

「我說過啦，時空移轉不算多新奇的事。既然只是要讓原本就存在的路徑穩定，費不了多少工夫的。」

冒牌雪菜喜孜孜地微笑著說。

「說穿了，這頭眷獸的能力就是時空移轉。哎，雖然也有許多限制，要直接送你跟媽媽回去會有困難……還是說，你們覺得用那種方式比較好？」

「限制？」

「具體而言，除了血肉之軀之外要移轉都有點麻煩……如果你們不介意赤身裸體地回到過去，我也可以一併將你們兩個送回去。怕就怕那樣會讓我提早出生啦。嘿嘿。」

「嘿什麼嘿！請妳不要那樣做！」

即使在一片漆黑當中，也可以曉得雪菜面紅耳赤地吼了出來。

冒牌雪菜似乎越來越口無遮攔，使得古城無奈地嘆氣。

「說到底，表示這座排水道成了時光隧道嗎？為什麼會變成這樣？」

「先聲明喔，這可不是我害的。呃……倒是無法否認在我上次移轉以後，有可能讓這裡跟那個時代變得容易相通啦。」

冒牌雪菜有些為難似的悄悄轉開目光。

「不過呢，要問誰打開了通道，我猜八成就是絃神島本身喔。」

「絃神島本身？這是什麼意思？」

「你知道付喪神嗎？」

「啊……」

古城停下腳步，下意識地仰起頭。

所謂付喪神，指的是道具器物經過漫長年月會有靈魂寄宿其中的說法。

而絃神島是人工島——人類製造出來的道具。

「建造於龍脈之上的絃神島，隨時都有大量靈力循環著。即使有某種人造靈體寄宿在其中也不足為奇啊。畢竟島上還有號稱世界最強吸血鬼的怪物，動不動便到處散播魔力。」

「啊……」

雪菜彷彿心裡有數，微微地發出了聲音。

「我們在排水道看見的幻影，該不會是……」

「我懂了……那是絃神島本身的記憶嗎……！」

街道的景象、生活於該處的人們。那些幻影或許正是絃神島作的夢。

遭廢棄的人工島在臨死之際，所看見的走馬燈。

「趁著還沒有被完全解體，它是不是希望跟誰告別呢？哎，我也搞不懂建築物會有什麼想法就是了。」

冒牌雪菜用了有點感傷的語氣低喃。

對於在絃神島出生長大的她來說，這座人工島就是故鄉。南區要進行解體，應該也讓她百感交集吧。

「某方面而言，還真的有幽靈啊。」

古城有些感傷地說。

人工島的耐用年限不滿五十年。那對現在的古城來說漫長得像是永遠，但時間流逝應該僅在一瞬間吧。

然而在短短的歷史中，絃神島曾經數度陷入滅亡危機，肯定每次都付出了許多犧牲才能夠克服苦難。如此一想，這座人工島可以壽終正寢，感覺像是某種奇蹟。

不過根據冒牌雪菜的說明，連那樣的未來都不過是「有機會成真的可能性之一」吧。在古城等人的世界裡，只要此刻走錯一步，照樣有可能分歧至絃神島滅亡的未來。

「那麼，我們就在這裡告別嘍。我姑且把這座時光隧道封住，但是請不要再誤闖進來喔，因為事情會變得很麻煩。」

冒牌雪菜一路走在排水道裡，直到經過調壓水槽後，才總算放開了古城的手。

理應堵在古城他們回去路上的瓦礫已經消失，原本變得破舊而滿是裂痕的排水道也取回本來的全新面貌。他們回到了原先的時代。

「我又不是喜歡來才來的。哎，不過受妳照顧了……呃……」

古城重新轉向冒牌雪菜，然後有些困擾似的語塞。事到如今，古城才發現自己連她叫什麼名字都不曉得。

「祕密。我們遲早會再見面喔，古城。」

冒牌雪菜將食指豎在自己的嘴唇前，使壞似的朝古城笑了笑。

接著，她輕輕地把嘴唇湊到古城耳邊，迅速地低聲細語。那樣的動作宛如在親吻古城，使得雪菜錯愕得睜大眼睛瞪著冒牌雪菜。

「妳、妳這是……」

「哎，端看某人的努力嘍。」

少女打斷雪菜反射性地說到一半的話，然後當場轉了身。揮手說「拜拜」的她身影逐漸轉淡，不久就完全看不見了。

古城他們回到原本的世界，跟她所在的時代因此斷了連接。

眼睜睜地看著她溜掉，讓雪菜憤慨似的緊咬嘴唇。

「欸，姬柊，剛才那個冒牌貨……果然是妳的女兒嗎？」

古城以戰戰兢兢的語氣詢問雪菜。

可以的話，他不想提及這個尷尬的話題，但是將問題擱著不管的話，事態似乎會變得更複雜。

「怎、怎麼可能呢……學長，你明明已經有奧蘿菈了……」

不知所措的雪菜目光亂飄，還嘀嘀咕咕地回話。

古城困惑地歪頭問道：

「奧蘿菈？妳怎麼會提到她的名字？」

「因為我聽說學長選了奧蘿菈當舞會的女伴……舞會的女伴一般會選擇訂婚對象或是情人吧？」

不知為何，雪菜狀似沮喪地以空靈的語氣反問。

也對啦——古城難以啟齒般板起臉說：

「若有訂婚對象或女友是那樣沒錯，但我聽說沒對象的話，也可以找家人當女伴啊。」

「找家人……當女伴？」

雪菜一臉不可思議地回望古城。

對啊——古城點頭說：

「我爸媽已經申請要領養奧蘿菈了，所以她很快就會變成我的妹妹。不對，以年齡來講是她變成我的姊姊嗎……？因為還要跟日本政府交涉，當中有些複雜的爾虞我詐在，所以家裡要我在正式辦妥前先別說。」

「奧蘿菈……跟學長變成姊弟？」

「我總不能讓凪沙出席魔族特區的活動，用消去法來想，只能帶奧蘿菈了。再說她本人也想去。」

「姊弟……姊弟嗎……姊弟啊……這樣啊。」

雪菜像是還覺得不踏實，確認似的在嘴裡一再重複。

她黯淡的眼裡恢復了光采，原本緊繃的表情亦如花朵綻放般笑逐顏開了。儘管古城不懂箇中原因，但明白雪菜心情好轉後，也鬆了口氣捂起胸。

「對了學長，剛才她跟你講了什麼？」

朝著排水道出口邁出步伐後，雪菜突然想起什麼似的問了古城。

心驚的古城肩膀顫抖。

告別前夕，冒牌雪菜在古城耳邊細語的內容驀地浮現心頭。

——請你要為了可愛的女兒，想個動聽的名字喔，爸爸。

「呃，她沒說什麼大不了的事……別在意。有必要的話，將來我會告訴妳。」

「是、是喔……」

雪菜彷彿發現古城是由衷感到困擾，便放棄向他進一步追問了。

相對地，她凝視著古城，以委婉的語氣提議：

「學長，請問……可不可以讓我勾著你的手臂？」

「咦？」

「不是的。那個，假如又被時空移轉波及，彼此走散也很傷腦筋……！」

「對喔，那倒也是。來吧。」

古城感到理解，而把臂膀伸向雪菜。

雪菜開心地挽住他的臂膀，準備要用自己的手臂勾住，途中卻打消主意似的停下動作。接著，她只握了古城的手指來代替勾手臂。雪菜起初大概是想跟冒牌貨對抗吧，但對抗到一半卻還是忍不住害臊起來。

「妳不是要勾手臂嗎？」

古城一邊覺得雪菜那種內心的糾葛有些好玩，一邊問道。

「不，還是不用了。目前，我覺得這樣就好。」

雪菜說完，使勁握住古城的手指。

古城一瞬間被雪菜那樣的微笑吸引了目光。隨後，他不禁紅著臉將視線轉開。

然而之後走不到幾步，他們倆便急著放開手。

因為從排水設備的入口那裡響起了耳熟的聲音。

「啊，找到了！找到了喔！你們要窩在這種地方多久啊！」

「就是呀。香菅谷擔心你們沒回來，一直吵個沒完，所以連我都被叫來搜索了。」

「才、才沒有。我並不是擔心古城，而是要防範幽靈作祟……！」

由於古城和雪菜遲遲未歸，雫梨與淺蔥便來接他們了。

淺蔥戴著安全帽與頭戴式探照燈，還穿著救生背心，身上裝備一應俱全。至於雫梨的手裡還握著不知道從哪弄來的驅邪用符咒與祓串。

雖然令人納悶雫梨身為修女騎士的驕傲去哪裡了？不過也表示她就是如此擔心古城他們吧。

「所以說，幽靈呢！幽靈怎麼樣了？」

被雫梨語氣認真地一問，古城與雪菜默默彼此對看。

接著他們不分先後地露出苦笑。

「……你們應該會說明事情的詳細情況吧？包括姬柊學妹穿成那樣的原因。」

古城與雪菜那種兩人間心意相通的反應，讓淺蔥看得不悅地瞇起眼。雪菜想起自己目前的裝扮而臉紅，莫名被投以懷疑目光的古城則是拚命搖頭。

「也對。說來話長，妳們願意聽聽嗎？」

地下隧道的外頭已經入夜。

在滿天星斗下，人工燈光正燦然地持續發亮。人類與魔族共存的城市——魔族特區。理應熟悉的那片景象，此刻卻讓他們感到十分懷念。

第四真祖與他的血之伴侶，就這樣回到其領土——絃神島上了。

附錄極短篇1

在魔族特區是常有的事

身為世界最強吸血鬼的「第四真祖」曉古城，與負責監視他的「劍巫」姬柊雪菜，正一邊曬著白天的強烈陽光，一邊站在彩海學園的競賽泳池裡。

泳池剛放完水，呈現出滿覆青苔及藻類的慘狀。

古城將運動服的褲管挽得像短褲一樣，雪菜則是將校方規定的競賽泳裝搭配運動服上衣穿在一起。以打掃泳池的服裝來說，不算多奇特。除了雪菜用雙手拿的並非拖把或長柄刷，而是觸目驚心的銀色長槍這一點例外。

「——雪霞狼！」

雪菜將銀色長槍捅向泳池底部殘留的水窪。她針對的是水底蠢動的謎樣物體。

該物體躲開了雪菜的攻擊，靈敏動作與狀似遲鈍的外表並不相稱。它躲在覆蓋水面的藻類底下，並且繞到雪菜背後。

「別想逃！」

古城追著謎樣物體縱身一躍，還使出了渾身力氣用長柄刷重敲。

然而，從刷柄傳來了滑溜的詭異手感。

「這傢伙是什麼鬼東西……！唔喔喔喔喔！」

古城被黏滑的水底絆住腳步，綠色的詭異物體隨即撲向他。

謎樣物體的真面目是帶有彈性的不定型生物。讓人分不出是巨大阿米巴菌、水母或鰻魚的怪物。

「學長！唔……？」

雪菜想救被纏住的古城，便用長槍捅向了奇怪生物。然而雪菜的長槍被奇怪生物的肉體毫無抵抗地吞入，連雪菜也跟著被吸進其中。

「混帳，那月美眉，妳居然算計我們！」

古城朝著身穿禮服站在池畔的嬌小級任導師怒罵。

「別講得那麼難聽。蹺了我的課，只罰你打掃泳池就可以一筆勾銷。你反而要感謝我才對。」

「就算那樣，我可沒聽說泳池裡有這種怪物！」

「從某間研究室逃出來的魔獸，似乎在這座泳池裡完成了獨特的進化。在魔族特區算常有的事。別介意。順帶一提，那傢伙的黏液只會溶化泳裝纖維，對人體無害。」

「咦？妳說會溶化泳裝……咦！」

「學長為什麼要看我這邊！」

在遠東「魔族特區」絃神島的天空下，雪菜的怒罵聲響遍周遭。「第四真祖」曉古城苦難連連的生活，在今日仍像這樣持續著。

第二話
白日小怪談

「欸，講個鬼故事嘛，我想聽。」

藍羽淺蔥一邊用吸管啜飲已經不冰的冰咖啡，一邊突然說道。

彩海學園附近的咖啡廳。坐在窗邊包廂的有她、古城、姬柊雪菜及矢瀨基樹四人。有兩個吊車尾學生剛補上完日前因颱風而延期的游泳課；有一個學妹自稱監視者；還有個單純來消遣他們的普通人。

「感覺還真突兀耶。忽然想聽鬼故事，妳是怎麼了？」

古城蹙眉反問。時間剛過下午兩點。窗外被盛夏的豔陽照耀著。感覺實在不是適合講怪談的環境。

矢瀨彷彿也抱持跟古城一樣的感想，傻眼似的望著坐在旁邊的淺蔥問：

「為什麼大白天的非得講什麼怪談啊。耍蠢嗎？」

「怎樣啦，基樹。你會怕嗎？」

呵——淺蔥嘲弄似的笑著看了矢瀨。

「誰、誰、誰會怕啊！」

矢瀨卻莫名生氣地否認淺蔥說的話。雪菜大概是被他激動的模樣逗樂了，忍不住嘻嘻笑了出來。

不過，古城等人能夠體會矢瀨排斥的心理。在這座有魔法與怪物橫行的「魔族特區」，都市傳說及妖異談之類與現實的界線極為模糊。正因如此，想特地聽杜撰怪談的人並不多。

然而，淺蔥卻用生厭似的眼神望著窗外說：

「心情問題啦，心情。天氣熱成這樣，我不想離開冷氣開得夠涼的店裡，應該說連走路回家都覺得討厭。」

「啊……所以妳想在離開店裡之前，先聽個令人毛骨悚然的故事，這是預先讓身體發涼的策略對不對？」

雪菜臉上顯露出理解之色。對對對，就是那樣——淺蔥點頭承認。

「原來如此……理論上倒不是無法理解，可是妳突然要我們講鬼故事，又有誰編得出來啊……」

唔嗯——古城交抱雙臂思索。

由於身邊就可以找到亂真實的恐怖體驗，紘神島居民對怪談的評價特別嚴格。隨便聽來的傳聞應該沒辦法滿足淺蔥。

這時候，身為發起人的淺蔥忽然心血來潮似的挑了眉。

「欸，古城，話說你老是在體驗死而復生對不對？」

「啥？沒有啦沒有啦，我才不可能冒那種危險……」

古城揮揮手打算一笑置之，察覺身旁雪菜的視線而把話截住了。那是一陣好像在生氣，又好像泫然欲泣，令人難以形容的目光。

雪菜的那種眼神，讓古城想起自己過去曾經面臨死亡好幾次。儘管古城靠吸血鬼真祖的再生能力勉強復活了，但雪菜每次都像這樣哭著瞪他。

「哎，偶、偶爾啦……我說真的，有時候會而已。」

古城一面從雪菜責備般的視線轉開目光，一面含糊其辭。

淺蔥無奈地聳聳肩問：

「你在那時候沒遇過瀕死體驗嗎？」

「瀕死體驗？」

「你想嘛，比如會看見美麗的花圃，或者過世的雙親從冥河對岸招手之類。」

「呃，我家的父母只是沒有待在家裡，兩個人都還活著啦……」

古城為求慎重起見先進行更正。曉家的雙親確實經常外出未歸，然而兩個人姑且都還健在。

「死後的世界啊……那的確讓人有點好奇。」

「學長，請問你有什麼樣的體驗？」

矢瀨還有雪菜，似乎都被淺蔥的疑問勾起興趣了。

即使在魔法發達的現代，人類死後的意識會去哪裡，至今仍是未解之謎。古城一再重複死亡及復活的體驗，理應會成為解謎關鍵。但是……

「呃，我不懂所謂的瀕死體驗耶。死掉的那段期間，我倒是常常作夢。」

古城有些為難似的搔了搔頭。淺蔥意外地眨眼。

「作夢？什麼樣的夢？」

「夢就是夢啊。不知道該用荒唐無稽還是奇幻來形容，感覺有許多情境在現實中都不太可能發生。」

「真的只是純粹作夢嗎……」

矢瀨失望似的嘆氣。彷彿期望落空的態度，然而事實就是這樣，因此古城也無可奈何。

「還有，夢的內容偶爾會挺鮮活或噁心就是了。」

「嗯，對啊。夢就是那樣嘛。」

淺蔥回話也有些冷漠。只剩雪菜還用認真的語氣繼續提問：

「具體來說，是什麼樣的內容呢？」

「這個嘛……首先，回神以後，感覺就像待在白茫廣闊而又莫名其妙的空間。」

古城依循模糊的記憶做說明。哎呀——淺蔥略顯訝異地瞇眼說：

「哦～那滿像瀕死體驗的耶。」

「會嗎？」

古城不太懂她所說的「像瀕死體驗」有何標準。

「哎，然後呢，大多會有所謂的女神出現在那裡。」

「啥？女神？」

淺蔥露骨地板起臉孔，彷彿在質疑：這傢伙鬼扯什麼？另一方面，矢瀨則忽然變得眼神嚴肅。

「……是美女嗎？」

「哎，既然都自稱女神了。還算美啦。」

「胸部呢？長得大不大？既然叫女神的話，果然就該有份量吧……」

「呃，那會因人而異。」

不知道在這種情況是不是該說成「因神而異」？古城煩惱起旁枝末節。「原來如此。」

矢瀨還從口袋裡拿出筆記本寫下古城的證詞。

「因人而異嗎……所以是有大有小嘍。」

「基樹，你……」

唔哇——淺蔥不敢領教似的斜眼瞪了矢瀨。

「白癡，不是妳想的那樣。我確認這些絕非出於下流的想法，當中存在高度的學術意義。換句話說，由此可知世界各地信仰相傳的大地女神豐滿形象，是如何反映在名為夢的集體無意識當中，實在極其崇高……」

「囉嗦，你閉嘴啦，那種情報根本不重要。古城都沒辦法繼續講了嘛。」

淺蔥嫌煩便撇開了矢瀨一連串的藉口。

雪菜微微嘆氣，然後換了個心情再次開口：

「那位女神找學長有什麼事嗎？」

「有啊，我差不多每次都會被拜託些什麼。」

「拜託……是女神拜託學長嗎？在夢裡？」

「要說的話，就是那位女神管理的世界遭受魔王侵襲，已經瀕臨滅亡，所以希望我打倒對方拯救世界，諸如此類的……」

「哦……打倒魔王啊……」

雪菜露出了著實複雜的臉色。那是她開始認真地在煩惱，是否要繼續把古城說的話當一回事的表情。

「跟我期待的瀕死體驗有些不一樣耶。感覺像廉價的ＲＰＧ。」

淺蔥已經完全失去興趣，還拿出了手機把玩起來。

「我一開始就說過那是在作夢啊。」

古城鬧了情緒似的托起腮幫子。明明只是照實回答問題，莫名其妙地遭人嫌棄讓他不服氣。

「哎，即使是單純作夢，內容也有可能反映了古城的願望嘛。」

矢瀨講了挺無關緊要的話打圓場。

「曉學長的願望……」

雪菜不知怎地關切起那句話。古城則帶著苦瓜臉撇嘴否認。

「呃，我一點也沒有想拯救世界的念頭……倒不如說，那已經讓我受夠了。」

「光是為了絃神島，你就有好幾次弄得自己要死不活了嘛。」

淺蔥看似愉快地微微笑了笑。妳少管──古城嘆道。

「然後呢，結果學長有去打倒魔王嗎？」

雪菜語氣冷靜地問。被她煞有介事地那麼問，會覺得這樣的對話真蠢──古城彷彿事不關己地心想。

「這個嘛。應該說我根本沒有選擇的餘地，每次都不分青紅皂白就被送到那個世界去了。」

「所以是突然就衝進魔王的城堡之類嘍？」

「沒有，魔王城周圍戒備森嚴，一開始大多是隨便找個城市帶我去。還必須在那裡召集夥伴，將裝備打點好才行。」

淺蔥隨口問問，古城也認真給予答覆。古城的證詞頗為具體，讓淺蔥露出了納悶臉色。

「夥伴？你跟那個世界的人語言相通？」

「我沒有太注意那些，對話倒是都可以成立。不過文字就沒有看過了，所以那部分要讓女神替我讀。」

「女神？那位女神也跟著學長嗎？」

雪菜訝異似的睜大眼睛。她的反應讓人覺得有些敏感過頭，稍微被嚇住的古城一邊回答：「是、是啊。」一邊又繼續說明：

「女神說要監視我，就一直到處跟著我。」

「等一下。那麼，原來你是跟那位女神一起旅行嗎？」

矢瀨也有些羨慕地追問。

「即使說是旅行，過程倒沒有多歡樂啦。魔王城附近又沒有旅舍，所以基本上都要露宿荒郊。」

「居然跟女神一起露宿荒郊……」

「欸，那是夢……！我講的是夢中的情節啦！」

古城總覺得氣氛開始變得不平靜，莫名心慌地聲明。

「再說我又不是跟那女的單獨旅行。還有那個世界的巫女、女騎士之類的跟著啊。」

「那女的……？」

古城對女神的親暱稱呼，讓雪菜聽得太陽穴隨之抽搐。

「有巫女、女騎士和女神，為什麼成為學長夥伴的都是女人呢？」

「呃，那個世界本來就缺少男性勞動力啦。稍微能打的人早被派去跟魔王軍交戰了。」

雪菜的聲音冷冰冰的，使得古城拚命試著辯解。隊伍的成員之所以都是女性，純屬勢之所趨而非古城的本意。

「所以你就跟可愛的夥伴一邊旅行，一邊腳踏實地練功然後去打倒魔王了？雖說是在夢裡，聽起來還真是慢條斯理耶。」

淺蔥用辛辣的語氣挖苦。

明明在現實世界被殺了，哪裡是悠哉地讓人作夢的時候，這樣的意見實在有道理。話雖如此，實際上古城並沒有在夢裡度過長達數年的時間。

「沒有，我在那邊的世界也能用吸血鬼之力。即使不練功，大多數的戰鬥都可以靠眷獸一次擺平。」

「那不就是開無敵外掛的爛遊戲嗎……」

矢瀨露出險惡臉色，並且生氣似的撂話。矢瀨乍看之下吊兒郎當，但他對於遊戲內的作弊行為可是個嚴厲的男人。

「呃，與其稱為爛遊戲，正常來想，那是因為我有第四真祖的身分，為了打倒魔王才找我去的吧……」

「那當然嘍。把普通人送去那種走投無路的世界又沒有意義。」

單手玩手機的淺蔥淡然接話。

雖然那並非古城自願獲得的力量，他仍然擁有世界最強吸血鬼的頭銜。要說的話，比起新手剛上路的勇者，他更接近於魔王那一方。事到如今還去對付給新手練功的囉嘍小怪，那就太不像話了吧。

「話是那麼說啦，眷獸會失控燒掉整座城，後果也滿不得了的。我被當成魔王軍的爪牙，還有一般民眾朝我扔石頭。」

「哎，帶你去的話當然會變成那樣嘍。」

「女神的監視沒意義嘛。」

古城嘀咕的內容讓人有幾分懷念，淺蔥與矢瀨便吐露出冷冷的感想。

「還有魔王實在太難纏，連我都好幾次差點沒命。」

古城回想起當時的記憶，露出了吃不消的表情。縱使是不死身的吸血鬼，遭受攻擊仍會

受傷，也會流血。如果碰上要命的情況，就會名副其實地痛死人。

「結果那時候是夥伴來救我，才勉強消滅魔王，然後我就回到了這邊的世界。因為女神說我拯救了世界，所以願意讓我復活當獎勵。」

「啥……？」

古城不經意的發言，讓矢瀨聽得瞠目結舌。他那誇張的反應反而讓古城產生疑惑。感覺不像前一刻還對古城的說明隨耳聽聽會有的態度。

「等一下，那是怎麼回事？難道說，吸血鬼真祖死了也能復活的理由是……」

「原來你每次都是讓某位女神復活的嗎？當成你拯救世界的獎勵？」

淺蔥從桌子上探身向古城逼問。

「呃，妳問我，我問誰啊。剛才我只是談到自己夢境裡有那些內容……」

古城被兩名朋友的氣勢壓倒，打算用曖昧的態度托詞。

淺蔥帶著莫名嚴肅的表情，與一旁的矢瀨面面相覷。

「欸，基樹，你怎麼看？」

「天曉得。可是，假如他剛才說的是事實，那不就成了世界級的大發現嗎？而且是足以榮獲赫耳墨斯魔法獎等級的……」

矢瀨搬出了獎金超過一億圓的知名魔法獎項，來點明古城發言的重要性。

感覺苗頭不對的古城流露出不安。他姑且認為自己都是照實陳述，然而夢境終究是夢境。即使被要求從魔法的角度證實其正當性也很困擾。然而看矢瀨他們興奮成那樣，難保不會開口要求古城試著再死一次看看，老實說滿嚇人的。

「順帶一提，學長。」

這時候雪菜靜靜地叫了古城。那聲音猶如深不見底的湖，澄澈平靜卻又讓人內心發毛。

「姬柊？」

古城強烈地產生了不好的預感，同時仍動作生硬地回望她。近距離望見雪菜的臉，依舊嬌憐得絕世出塵。然而，她的眼裡沒有浮現任何感情。

「剛才，學長說過有好幾次差點沒命，都是被夥伴救的對吧？」

「呃，對啦，我確實說過……印象中是有。」

古城戰戰兢兢地用口齒不清的語氣回話。

雪菜仍宛如人偶般面無表情地板起臉孔，還將講話的音調壓低一階。

「換句話說，學長吸了那位女神及其他夥伴們的血，我這樣解讀是可以的吧？」

「欸，慢、慢著！我沒吸！我再怎樣也不至於去吸女神的血……！」

古城整個人像彈起來一樣地猛搖頭。

雪菜散發出的奇妙威迫感，古城覺得自己已經隱約感受到其玄虛了。現在要是沒有斷然

否認就會倒大楣，古城的本能正如此告訴他。然而……

「學長沒有吸女神的血……這表示，其他夥伴的血都吸過了吧？」

雪菜冷靜地予以釐清。不帶感情的平淡語氣，現在聽起來反而嚇人。

「不是，那應該算不可抗力……我是為了拯救世界，不得已才……」

古城的掌心冒汗濡濕了。話說出口以後，他警覺地發現「糟糕了」，剛才想要糊弄是可以糊弄過去的，但現在為時已晚了。

「不得已是嗎……這樣啊……」

雪菜露出了讓人覺得天使也不過爾爾的微笑。然而她那瞳孔放大的眼睛，卻讓古城失去言語而沉默。

「欸，我說這家店的冷氣，會不會開得太強啦？」

矢瀨嫌冷似的一邊摩娑上臂，一邊用平板的語氣說道。

「對呢。感覺變涼了，差不多可以離開嘍。」

話說完，淺蔥便起身將古城他們丟下，逃跑似的走上了豔陽灑落的街頭。

第三話
在她的心裡……

「咦？出來了……學長是指在裡面嗎？」

曉古城露出有些尷尬的臉色，使得姬柊雪菜語氣訝異地反問。

在放學回家的途中，擁擠的單軌列車車站內，有幾個路過的乘客聽見了古城他們的聳動對話，詫異地停下腳步。

「學長說的是昨天晚上對不對！為什麼要瞞著我！會出來的話，就應該事先告訴我才對啊……！」

「等我發現時就已經出來了，沒辦法啊。哎，妳不用擔心啦。即使在裡面出來了，也只有一下下而已。」

「可、可是……如果有個萬一的話……！」

雪菜低著頭，狀似不安地嘀咕。古城則是尷尬地一邊撥頭髮，一邊將目光轉開說：

「抱歉啦。我也是第一次親身經歷，實在抓不準時機……」

「——古、古城哥！」

古城那不負責任的辯解，被人怒火中燒地厲聲打斷了。曉凪沙原本應該是在辦理通學定期票更新手續，不知不覺間卻已經回來了，全身上下還頻頻顫抖。

「怎麼了嗎，凪沙？妳的臉紅通通耶？」

「不用管我的臉紅不紅啦！」

古城納悶地朝妹妹問道，凪沙就氣得像是要咬人一樣地怒罵：

「重要的是，你們剛才說的是怎麼一回事！大白天的在公共場所談什麼啊！還提到要不要在雪菜的裡面出來，你們兩個什麼時候變成那樣的關係了……！」

「剛才的內容確實不適合在這種地方談呢……畢竟是關於幽靈的事。」

雪菜似乎在顧慮生氣的凪沙，壓低了聲音說話。

「……啥？」凪沙大大地眨起眼睛問：「幽……靈？」

對啊——古城帶著苦瓜臉表示認同。

「我從上週就覺得好像有什麼動靜，最後居然在我的房間裡面冒出來了。因為這是我第一次親身經歷靈異現象，坦白講實在夠慌的。」

「之前我明明提醒過那麼多次，要是學長感受到靈體快出來的動靜，就要立刻叫我過去的……」

雪菜用怪罪似的視線望向古城。凪沙彷彿仍有些混亂地睜大了眼睛問：

「呃……是古城哥看見的？看見有幽靈？」

「雖然我並沒有明確看到身影，隱隱約約啦。」

古城撇嘴點了頭。

「另外就是有視線，或者說有動靜，一直有種被跟進跟出的感覺……雖然沒有造成實際的害處，要是連在家裡都撞鬼，心裡不會舒坦嘛。」

「哇啊啊啊啊啊！別說了別說了別說了！好恐怖好恐怖，我不想聽！」

凪沙由衷害怕似的捂住雙耳，並且縮成一團。凪沙的個性開朗而親切，卻患有魔族恐懼症。幼時的體驗讓她對魔族懷有強烈恐懼，至今仍根深柢固地留在她的心裡。因為如此，凪沙對於怪談或神祕學相關的話題也是毫無招架能力。聽到自己家有幽靈出現，凪沙的內心實在無法平靜。

「不知道這跟學長從恩萊島回來有沒有關係……」

雪菜一邊陪在發抖的凪沙旁邊，一邊喃喃自問。

古城之前曾受困於名為恩萊島的異空間，從他回歸現實世界經過了大約一週。古城開始感受到幽靈的動靜剛好也是在這時候。然而只靠這點理由，要得出兩件事有關聯的結論就有些說不通了。

因此雪菜沒有多深究，而是搖了搖頭將迷惘甩開。

「雖然我不覺得普通的幽靈能對學長做什麼，但是放著不管的話，難保不會讓幽靈受到第四真祖的魔力影響而惹出麻煩，儘早除靈似乎比較好。」

「說要除靈，妳會嗎？雪菜？」

依舊蹲著的凪沙不安地仰望雪菜問。為了替那樣的凪沙打氣，雪菜毅然斷言：

「交給我吧。獅子王機關的劍巫可是對魔族戰鬥的專家。」

†

古城一邊打開自宅熟稔的玄關大門，一邊朝背後的雪菜問道。害怕幽靈的凪沙到母親的職場避風頭，因此回來的只有古城與雪菜兩人。

「所以說認真的，姬柊，妳會驅除幽靈嗎？」

被投以疑惑的眼神，雪菜略顯憤慨地鼓起腮幫子說：

「連學長都要懷疑嗎……！獅子王機關的劍巫確實是專門與魔族做物理性戰鬥，並不擅長不具實體的靈體，但是，畢竟我有雪霞狼啊。」

雪菜指著自己揹的吉他硬盒，並且得意地挺胸。

「那柄長槍對幽靈也管用？」

「當然。『雪霞狼』是能夠讓魔力無效化的破魔長槍，因此照理說對靈體反而能發揮絕大效果。」

「意思是要靠神格振動波強行將其消滅嗎……」

古城一臉意興闌珊的表情說道。因為對方是幽靈就硬是動武除靈，感覺未免太可憐了。

雪菜卻冷冷地搖頭說：

「亡靈與其說是魔族，更像是單純的魔法現象，所以消滅掉也不會有問題。如果是生靈就有點麻煩。」

「生靈？」

「非屬亡者，而是由活人的意念形成的靈體。也被稱呼為雙重存在（Doppelganger）。據說擁有強大魔力或靈力者，若懷有怨恨或壓力，就很容易催生出生靈。」

「表示那屬於幽體脫離的一種嗎……是什麼部分會造成麻煩？」

「即使將出現的靈體淨化，只要生靈產生的原因沒有獲得解決，時間經過就可能會復活。因為生靈的本尊不會發現自己催生出靈體。」

「原來如此。」

那確實挺麻煩的，古城也表示認同。

「不管怎樣，首要之務都是先確認靈體。無論是亡靈或生靈，只要找出催生靈體的執著從何而來，就可以找出對策。」

「我明白了。那麼，總之妳要不要先看看房間裡？」

雖然亂糟糟的不太好意思——古城一邊聲明，一邊帶雪菜來到出現幽靈的自己房間。床舖與書桌，還有教科書之類；另外是脫下來擱著的便服以及少許偏愛的籃球隊周邊精品。這是尋常無奇的男高中生房間，感覺不到什麼特別不祥的動靜或邪門氣息。

即使如此，雪菜仍細心地朝室內看了一圈。

「靈體出現在這一帶，對不對？」

「對啊。我躺在床舖，感覺就被纏上了。」

「是不是類似於……鬼壓床呢？」

「我好像還聽到了聲音。像是『不原諒你』或者『休想去別的地方』之類。」

古城依循模糊的記憶說明。嗯——雪菜神情嚴肅地點頭說：

「那就讓人覺得相當凶惡呢。可以感受到相當深的執著。」

「是嗎？可是我也有聽見笑聲。」

「學長是說……幽靈笑的聲音？」

當雪菜微微挑眉時，有聲音不曉得從哪裡傳了過來。聽似純真孩童的澄澈笑聲。古城彷彿認為來得正好，便拍響手掌說：

「對對對。聽起來碰巧就是像這樣……」

「雪、雪霞狼！」

古城悠哉地繼續說明，雪菜當著他面前從背後的吉他硬盒拔出了銀槍。古城幾近傻眼地望著雪菜殺氣騰騰備戰的背影說：

「姬、姬柊？」

「我也聽見靈體的聲音了。沒想到會出現得這麼乾脆……但是，這樣剛剛好！我會立刻將它淨化！」

說時遲那時快，雪菜一面唱誦謎樣禱詞，一面揮動起銀槍。靈氣的光芒綻放出來，古城感覺到皮膚有種灼傷般的疼痛，忍不住逃出了房間。她用破魔長槍釋出的光輝，對身為吸血鬼的古城當然也會造成傷害。

靈體照到雪霞狼的那陣光芒，卻依然沒有消失的跡象。瀰漫於房間裡的邪門氣息，感覺反倒變強了。

「看起來不太有效耶……」

「怎、怎麼可能……！只要對手是靈體，雪霞狼的神格振動波就不可能不管用——好痛！」

困惑的雪菜微微發出了慘叫。古城陳列在房間一隅的籃球毫無前兆地浮起，還重重砸在雪菜的後腦杓。接著連古城的枕頭及教科書之類，都陸續朝雪菜飛去。

「這、這東西！……唔……！啊，等等，為什麼要掀我的裙子！」

「騷靈現象嗎……」

古城一邊觀察被靈體作弄的雪菜，一邊冷靜地嘀咕。昨晚古城撞鬼時，並沒有發生這麼明顯的靈異現象。雪菜的攻擊非但沒有將其消滅，靈體的力量還明顯增強了——當古城彷彿事不關己地思索這些時……

「唔哇……！」

古城被突如其來的柔軟衝擊撲倒，跌在背後的沙發上。目不可視的靈體纏住他了。

「學長！」

雪菜訝異地朝古城回頭。古城卻沒辦法向她求救。因為古城被幽靈摸遍全身，根本顧不得別的。

「欸……住手……會、會癢啦……噗哈哈……！」

雪菜望著古城扭來扭去狂笑，一瞬間愣得停下了動作。但她立刻收斂表情說：

「在那裡嗎！學長，請你不要動！」

「咦！等……等一下，姬柊……唔喔……！」

被銀槍若即若離地抵在喉嚨前，古城不禁仰身向後。

當著那樣的古城眼前，半透明人影突然就地現形。是個有著嬌小少女外貌的靈體。雪菜探出的槍尖，準確地將纏著古城的靈體本尊貫穿了。

然而，即使被吸血鬼真祖都能誅滅的破魔長槍貫穿，靈體仍顯得毫髮無傷。她反倒吸取了雪菜的靈力，而且存在感逐漸增加。

「這是……！」

「它化為實體了嗎！但是，這傢伙……這副模樣是……？」

「我……？」

心生動搖的雪菜倒抽一口氣。嬌弱的體態與端正過頭的端正臉孔；讓人感受到堅強意志而散發光彩的大眼睛。除了身影稍微透明之外，從靈體化為實體的少女跟雪菜簡直是同一個模子刻出來的。

古城低頭看著摟住自己的少女靈體，忽然回想起來。

「姬柊，這該不會是妳剛才說過的生靈吧？」

「生靈？意思是學長被我的生靈附身了？」

「記得是具備強大靈力的人若是懷有精神壓力，就容易變成生靈的來源……姬柊，妳有沒有頭緒？」

「即使問我有沒有頭緒……」

雪菜為難似的抿唇。她無法立刻否認，可見內心並非完全沒有數。

雪菜帶著嚴肅的表情沉默下來，反觀與雪菜長得一模一樣的生靈少女，則是露出了滿面笑容巴著古城不放。

『學長……是學長耶……歡迎回來……』

「……啥？」

雪菜看生靈嬌滴滴地用臉頰蹭起古城，因而板起了臉孔。

『嘿嘿嘿……學長……用力抱我～摸摸我的頭～』

「呃……姬柊，這是什麼情形……？」

「不、不是的！才不是學長想的那樣！這都是生靈在自說自話，並不是我的心聲！倒不如說，請學長也不要摸靈體的頭！」

『學長……抱抱，我要抱抱……』

「啥！妳這是在做什麼！給我跟曉學長分開！我叫妳分開！」

『不～要……！我不跟學長分開……！別來干擾我～！』

雪菜想把生靈從古城身邊扒開，但對方畢竟是靈體。想用手指抓住靈體臂膀的雪菜白白撲了空。即使雪菜氣得亂揮雪霞狼，生靈承受了她的靈力也只是越變越有存在感。

「……原來如此。因為她是源自於妳的生靈，憑妳自己的靈力無法消滅她啊。」

「請學長別冷靜地分析，幫忙想想辦法！」

「即使叫我想辦法，我總不能在家裡用眷獸亂轟吧。」

古城慵懶地嘆氣。即使被稱為世界最強吸血鬼，古城會的就只有召喚那些威力強到無謂的眷獸，驅除幽靈並非他的專長。

「現在已經知道糾纏我的幽靈真面目就是妳的生靈，也不用急著除靈吧？目前看來就算放著不管好像也沒有害處。」

「話是那麼說沒錯……可是……」

雪菜露骨地浮現不滿的臉色，卻還是不甘不願地準備退讓。就在隨後——

『呵呵，學長……今天晚上～我們可以一直在一起～直到天亮……』

「——不、不行！這個惡靈果然還是要立刻淨化掉！」

雪菜聽見生靈的發言，橫眉豎目地撂話。古城無奈地嘆道：

「我說啊，姬柊……呃，我是指這邊這個。」

『什麼事，學長～？』

被古城叫到，雪菜的生靈開心似的臉色一亮。

「妳為什麼會出現在我身邊？有什麼來見我的理由吧？」

古城對親暱地勾住自己手臂的生靈感到困惑，同時仍用認真的語氣問道。生靈一面露出稍微鬧脾氣的表情，一面將身體跟古城越貼越近。

『我好寂寞……因為學長一句話都沒說就突然不見了～』

「……她是指我被帶去恩萊島那件事嗎？」

古城抬起臉看了看雪菜。被帶去恩萊島的古城從這個世界完全消失了約三天。雪菜在這段期間，似乎不眠不休地在搜尋古城。當然，那件事情應該對她造成了相當大的精神壓力。

「請、請學長不要問我……！我並不是覺得寂寞，身為第四真祖的監視者，我只是單純想把學長找回來而已……！」

雪菜生氣似的紅著臉飛快答話。另一邊的生靈則像隻跟飼主撒嬌的貓咪，仰望著古城說道：

『請不要再去任何地方了喔……下次要是擱下我鬧失蹤，我絕對不會原諒學長的……』

「這樣啊……讓妳擔心了。不要緊，我好端端地在這裡。」

古城語帶苦笑站起身，然後把手輕輕地放到了「雪菜」頭上。宛如在安撫不安的小孩，他溫柔地撫摸著哄她。

雪菜吃驚得睜大眼睛，並且望著古城問：

「……為、為什麼學長要摸我呢？」

「要淨化生靈，就得解決本尊懷有的精神壓力才行吧？」

「確實是那樣沒錯，不過……」

雪菜軟聲軟語地嚅囁起來。還以為她會討厭被當成小孩對待，雪菜卻意外地讓古城為所

欲為而不予抵抗。

雪菜的生靈默默地朝本尊的那副模樣望了一陣子，不久便什麼話也沒說，像照射到陽光的霧氣一樣靜靜地逐漸消失。

「消失了……表示她滿足了嗎？」

古城鬆口氣似的嘀咕。儘管一時之間不知道該如何是好，但是他們似乎糊里糊塗地成功除靈了。然而——

「還沒有，學長。」

雪菜用認真的語氣說道。「咦？」古城訝異地看向她。雪菜卻擺著莫名安分的臉，並且害羞似的紅了臉。

「剛才不是說要抱抱的嗎？呃，不是我說的，是剛才的生靈。」

「……啥？不對吧，她已經消失了啊？」

「不將執著完全消除的話，也許還會復活。現在說的不是我，那個……我純粹是在談生靈的執著。」

雪菜主張的態度頑固無比，使得古城困惑地盯著她看。雪菜身為生靈的本尊，古城難以否定她這些話。

「妳說要抱抱……哎，這點事倒是無所謂啦。讓妳坐到我腿上就行了嗎？」

「沒、沒錯。既然是為了除靈，那沒辦法呢。」

彷彿在掩飾緊張，雪菜一臉從容地這麼說完，然後輕輕坐到了重新在沙發上就位的古城腿上。嬌弱的體態跟生靈一樣。然而，頭髮的芬芳香味與呼吸，還有隔著制服感受到的肌膚溫暖，都壓倒性地鮮活而迷人。

強烈的吸血衝動突然湧上，讓古城不禁從喉嚨發出吞嚥聲。

緊接著，曉家的玄關大門被使勁推開了。

「古城哥、雪菜！你們沒事吧！」

喘吁吁地趕來的人，是理應在車站就跟他們分開的凪沙。穿制服的她，全身戴滿了奇奇怪怪的道具。盛鹽的容器、蠟燭、水晶球、詭異的符紙與護身符。雙手拎的大瓶子似乎裝了聖水或香油一類。

「幽靈在哪裡！我拜託深森媽媽，把ＭＡＲ賣的除靈道具全都要來了！我也可以跟你們一起除……靈……」

凪沙充滿悲壯決心的聲音，說到一半便洩氣似的轉弱停下了。取而代之的是幾秒鐘時光凍結般的沉默，還有她毫無感情地拋向古城他們的冰冷視線。

「……欸，你們兩個是在做什麼？」

將雪菜抱在腿上僵住的古城這才猛然回神，並且用力搖了搖頭。

「不、不是的，凪沙。我們這是為了阻止生靈復活，不得已才……！」

「對、對啊！這是為了除靈……真的是為了除靈……！」

雪菜動作生硬地一邊頻頻點頭，一邊跟著拚命辯解。

「對了，姬柊！再一次！麻煩再讓生靈出來一次！那樣凪沙就會相信吧……！」

「咦……咦咦咦咦！」

「哦……雖然我不太清楚狀況，總之呢，能不能請你們兩個都到旁邊跪好？」

那天，關於曉家發生的慘劇，就連獅子王機關也沒有留下詳細紀錄。

只不過，起因於生靈出沒的那次事件，對第四真祖而言卻成了足以凌駕真祖大戰的最大危機——監視者僅僅做了這樣的報告而已。

第四話

獅子王機關的新裝備

在陽光下晶瑩剔透的長髮、任誰都認同的標緻容貌、修長苗條的體態與出色身材，以及身為咒術與暗殺的專家——獅子王機關的舞威媛，煌坂紗矢華便是這樣一名少女。

而紗矢華正以盛夏的天空與大海為背景，氣勢洶洶地站著俯望著古城。

「終於找到你了，曉古城！」

「……煌坂？」

原本在海邊岩地跟小螃蟹玩的古城聽見呼喚，就帶著納悶臉色回望了穿泳裝的她。

古城與妹妹一行人造訪的，是位於絃神島南岸的人工沙灘。在情侶或有小孩的家庭之間也很受歡迎的和平海水浴場。在這地方遇見身為職業攻魔師而工作繁忙的紗矢華，讓古城有點意外。

「你一個人嗎！雪菜在哪裡！」紗矢華瞪向困惑的古城，並且粗魯地問道。因為她從很久以前就溺愛著自己在獅子王機關的學妹——姬柊雪菜。

「找姬柊的話，她應該是在那邊的沙灘游泳。跟我家的凪沙還有其他人在一起。」

「是喔？」紗矢華狐疑地蹙起眉。「既然這樣，曉古城，你鬼鬼祟祟地在這種地方做什麼？」

「哎，我嘛，正在像這樣觀察大自然……」

古城無意識地一邊讓目光亂飄，一邊吞吞吐吐地托詞。紗矢華微微挑眉問：

「難道說，你不會游泳？」

「因、因為我是吸血鬼啊，沒辦法吧！太陽或海水之類都是我的弱點！」

「吸血鬼無法越過流動的水，應該純屬迷信的說法就是了。」

「囉嗦。話說我才想問，難道妳為了跟姬柊見面，還專程追到這種地方來啊？那樣實在有點嚇人耶。」

「才、才沒有！這是任務啦，任務！我受託要測試獅子王機關的新裝備。師尊大人聽說你們要來海邊，就叫我利用機會過來試一試了。」

「新裝備……呃，可是看起來只像普通的泳裝耶。」古城朝紗矢華全身瞥了一眼，然後說出坦率的感想。暴露度固然偏高，那卻是一套挺普通的比基尼泳裝。

「表示我偽裝得很完美啊。」紗矢華滿意似的點頭說：「所以，你覺得怎樣？」

「哎，這個嘛，感覺很適合妳啦。」

「謝、謝謝……欸，不是那樣！你有沒有覺得身體狀況出現變化？雖然我也不知道具體的效果是什麼，不過這好像對第四真祖的精神特別有攻擊效果。」

「呃，我倒沒什麼感覺……等等，為什麼效果要局限在我一個人啊！」

古城板起苦瓜臉說。

「唔～」紗矢華噘起嘴唇。

「這麼說來，師尊大人好像還說過有內附的絕招。因為破壞力太強，她叫我只能在周圍沒有人的場合再使用。」

「等一下，什麼叫破壞力？」

「呃～記得是摸這邊的帶子……」

紗矢華說著隨手伸向泳裝的肩帶。一瞬間——

宛如變魔術似的，她的泳裝上衣滑溜地完全鬆開脫落了。

「啥……！」古城睜大眼睛愣在原地。

「咦！」紗矢華也完全僵住。

藍天與海風、灑落的盛夏豔陽、少女的白皙肌膚與飽滿雙峰。確實是破壞力驚人的一幕。隨後——

「啊……啊……不、不准看——！」

古城挨中紗矢華使出全力的迴旋踢，描繪出一道漂亮的拋物線摔到了海面。

「所以說……」幾分鐘後，姬柊雪菜望著在溺死前一刻被拖上沙灘的古城，一臉不可思

議地問道：「紗矢華，是妳救了溺水的曉學長嗎？」

「差、差不多。」紗矢華表情緊繃地承認：「要對這男的見死不救也是可以，不過他是妳監視的對象嘛……你、你可要感謝我喔，曉古城！」

害我溺水的不就是妳——古城差點脫口回嗆，卻又察覺到紗矢華充滿殺氣的視線，便沉默不吭聲了。要是多嘴的話，這次他似乎真的會被沉入海底。

「不過，學長為什麼會從那種地方掉進海裡呢？」雪菜回頭望向古城墜海的岩地，然後略顯詫異地瞇眼問：「該不會是看紗矢華看得太入迷了？」

「呃，我沒有……哎，算啦。就當作是那樣吧。」古城無力地躺在曬熱的沙子上，並且敷衍地回話。畢竟看得入迷是事實，他心想。

「你……你可要負責任喔。」

紗矢華轉身遮掩胸口，還用了幾乎聽不見的微微音量細語。

第五話
熾熱的死鬥

海虎庵是位於絃神島西區的拉麵店。開幕於半年前，之後風評節節提升，如今已成為客層以年輕族群為主的人氣店舖。

而那間熱門的店，目前有個舉止可疑的少女正在店門口徘徊。

少女穿的是彩海學園的制服，卻戴著像修女一樣的長頭巾（Wimple），從頭巾縫隙間則露出了色澤如雪的白髮。她正在店門前來來去去，不時也會探頭望向店裡面，還一直重複如此古怪的行為。

曉古城待在不遠處，朝那樣的她看了一陣子。

「……卡思子？妳在做什麼？從剛才到現在……」

然而看不下去的古城終究是叫了對方。白髮少女——香菅谷雫梨被嚇得肩膀發顫，並且動作生硬地回過頭。

「古、古城？我才想問呢，你怎麼會在這種地方？」

「還問我怎麼會在，我是來吃拉麵的啊。因為我聽淺蔥說，最近這一帶開了好吃的拉麵店。」

剛好放學後的行程空著，因此想久違地吃個外食。古城這麼說明，雫梨鬆了口氣似的點頭說：

「真巧。我正好也想進去這家店。今天優乃同學他們說有工作，所以會晚回家。」

「啊，對喔。卡思子妳是跟天瀨他們當室友嘛。」

「是的……欸，你叫誰卡思子！」

雫梨嘛起嘴唇對古城擅自取的綽號表示抗議。

而從那樣的雫梨背後，傳來了倉促趕到的腳步聲。揹著黑色吉他硬盒的姬柊雪菜稍稍喘著氣，同時現身。她剛才為了將報告書送到獅子王機關碰巧設在店面附近的分部，而跟古城分開行動。

「對不起，學長。我來晚了。師尊大人說教比想像中還久……」

雪菜停下以後，用了有些疲倦的語氣辯解。雫梨聽見聲音，詫異地板起臉孔說：

「姬、姬柊雪菜！」

「——香菅谷同學！」

雫梨從腰際的劍帶迅速拔出劍。劍刃起伏如火焰的深紅長劍。幾乎同一時間，雪菜也拿出銀色長槍，讓三道槍刃開展成十字型。

光天化日下，少女們在路上拿起武器備戰的模樣，讓周圍的行人一陣錯愕，古城則連忙闖進了她們倆之間。

「慢著！妳們兩個都冷靜點！怎麼一看到彼此的臉就發出殺氣啊！」

「因、因為姬柊雪菜先拿了槍備戰……！」

雫梨仍緊握長劍，怪罪似的瞪向雪菜。雪菜連忙搖頭說：

「不是的。我只是對香菅谷同學的殺氣起了反應！」

「唉，我倒能理解她的心情。畢竟姬柊妳前陣子才把卡思子揍得落花流水……」

古城深深嘆了氣，然後看向雪菜。雫梨曾遭到洗腦而襲擊彩海學園，反被雪菜打倒了。

從那之後，雫梨對雪菜似乎懷有心結。

「學長，那時候是香菅谷同學先打算殺我們的啊……！」

雪菜被不明白緣由的路人們投以恐懼的眼神，急著提出了反駁。

「那次不算！因為我被洗腦了，所以不算數啦！」

雫梨同樣一邊承受著路人的視線，一邊拚命否認。

「上次會輸給姬柊雪菜，也是因為我失去神智的關係，在原本狀態下，我身為聖團修女騎士沒有理由會輸。你說對不對，古城？」

「……咦？」

忽然被尋求認同的古城陷入困惑了。雫梨似乎是在主張，先前她於打鬥中輸給雪菜都是因為自己狀況不佳所致。

「學長，你也那麼認為嗎？」

雪菜正色質疑，彷彿在表示自己不能當作沒聽見。意想不到的演變讓古城急著說：

「呃，即使妳們拿那種事情來問我……」

「跟我在恩萊島相處了半年的古城當然會曉得啊。當時的我連百分之五十的實力都沒有發揮出來。」

雫梨莫名得意地擅自宣言。雪菜則露出冷冷的微笑說：

「這樣啊。既然如此，學長也有察覺到之前我手下留情把咒力克制在一半以下吧。在現實世界一直都跟我同進同出的學長就是會發現。」

「精、精確來講是在百分之四十以下。以我原本的實力而言！」

「用那套理論的話，我只拿出了百分之三十五左右的咒力！」

「不好意思，百分之二十五才對！我剛才重新估算過了！」

「那我就是百分之二十！」

「妳們這是小學生在吵架嗎……」

兩人低水準的鬥嘴方式，讓古城煩厭地聳了聳肩。自尊心強的雫梨自不用說，雪菜也意外有著不服輸的一面。

「所以說，為什麼香菅谷同學會跟學長待在一起呢？」

雪菜總算把長槍收回了盒子裡，然後改換心情問道。古城指了海虎庵的招牌說：

「呃，沒有啦。我看卡思子一個人不敢走進店裡，還在門口晃來晃去，就試著跟她搭話了——」

「啥！才、才不是那樣！」

雫梨面紅耳赤地否認。

「我又不會因為店家陌生就覺得擔心，也不怕搞不懂點餐方式，那些都沒影響……姬、姬柊雪菜，請妳別跟著用同情的目光看過來啦！」

雪菜對逞強的雫梨投以充滿慈愛的眼神。不諳世事且怕生，這是雪菜也有的特質。雫梨剛來絃神島沒多久，雪菜應該是對她的境遇有共鳴吧。

「總之，我們進去店裡吧。」

彷彿在體貼被逼急了的雫梨，雪菜這麼開口。雫梨對她的提議也沒有意見，三個人便結伴踏進了店內。

「歡迎光臨！」

店員們的問候氣勢十足，聲音迴盪於擁擠的店內。古城他們被領到中央的吧檯座位，照著雪菜、古城、雫梨的順序坐了下來。

「菜單的項目意外地多耶。點什麼好呢……」

古城拿起附照片的菜單，態度認真地思索。雫梨則拿出剛買的新手機說：

「根據女高中生美食直播教主『A·A』的說法，必點的有醬油拉麵、鋪滿自家製叉燒的特製叉燒麵，還有這家店的招牌菜第四辛麵也很推薦。」

「女高中生……？『A·A』……？」

不會吧——雫梨提到的影片直播主名稱，讓雪菜露出了困惑的表情。古城則是有些意外地望著雫梨說：

「卡思子，原來妳會看美食影片啊……然後呢，那道第四辛麵是什麼名堂？」

「好像是常有的那種讓人挑戰超辣口味的菜色。據說吃得完就免費。」

「可以吃免錢的？真的嗎？」

古城抬頭看了貼在店裡牆壁上的第四辛麵說明。定價兩千圓。吃得完就免費。時間限制為三十分鐘。吃完的定義不只是麵，連湯都要喝光。從照片來看單純就是辣而已，份量似乎沒有多到極端的地步。

「不錯嘛……我就點那個好了。」

「沒問題嗎，學長？吃不完的話，一碗要兩千圓喔？」

古城未經深思就做了決定，雪菜擔心地望著他。古城則是自信地賊賊一笑。

「哎，游刃有餘吧。我可是不死身的吸血鬼真祖耶。」

「那樣根本就是耍詐嘛……！」

「既然敢在魔族特區做生意，店方早就算到這點風險了吧。」

雪菜睜大眼睛瞪了過來，而古城一臉不以為然地回嘴。雫梨聽見他們倆的對話，忽然心血來潮似的使壞竊笑說：

「身為已經卸任的監視者，我當然也要挑戰跟古城一樣的第四辛麵。」

「連香菅谷同學都這樣……！」

雪菜生氣似的瞪向雫梨。雫梨則是挑釁地回望雪菜說：

「妳有什麼打算，姬柊雪菜？會怕的話，就不用陪我們喔？第四真祖的監視任務，我也可以順便替妳接手。」

被激到的雪菜板起了臉孔。即使知道那是廉價的挑釁，遭受挑戰的她似乎沒有退讓的選項。

「——麻煩給我們三碗第四辛麵！」

雪菜斷然朝吧檯裡的廚房放話。那果決的態度卻讓古城心急地問：

「這樣好嗎，姬柊？妳不用勉強跟她比喔？」

「沒有任何問題。我在獅子王機關的求生訓練鍛鍊過了。」

雪菜不領情的回答，讓古城默默撇了嘴。能挺過激辛菜色的求生訓練。那到底是在訓練什麼啊？古城想想便發出嘆息。

「久等了！這是你們點的第四辛麵！」

幾分鐘後——古城等人探頭看了端來的拉麵，都「噢噢」地發出感嘆聲。在加熱過的石碗裡，注滿了看似熔岩的濃稠液體，還有深紅色的麵沉在當中。液體表面正在劇烈地冒泡，並且向四周散發含有強烈刺激性的熱氣。店裡其他客人光是聞了那陣氣味，臉色就變得有些蒼白。

「哦，看起來比想像中好吃。料也很多。」

「賣相也給人正統派的印象呢。」

「呃，不是，這碗湯還在滾耶……」

古城與雫梨拚命故作冷靜，而雪菜向他們點出了無情的現實。當著不由得噤了聲的古城等人面前，店員擱下計時器。給古城等人的時間是三十分鐘。他們非得趕在那之前吃完這道熾熱的餐點。

「記得有時間限制的嘛。那麼，事不宜遲。」

開動嘍，這麼說的古城握起調羹，然後舀了熔岩色的湯。吹幾口氣，再慎重地送到嘴裡。於是在下個瞬間——古城就被嗆得猛咳了。

「辣……好辣，有夠辣……怎麼會辣成這樣！」

陷入呼吸困難的古城連話都說不好。超乎想像的辣度。舌頭麻痺，感覺不到辣度。然而卻吃得出那是辣的。全身的毛孔在一瞬間張開噴出汗水。熱、痛、麻、辣一波一波來襲。與其稱作食物，那已經接近於劇藥了。古城原本對於激辛菜色多少懷有的自信，正逐漸被粉碎得連渣都不留。

「麵……都染成紅色了呢。這樣不就像是在吃辣椒嗎……」

雪菜用筷子夾起一條麵，然後露出了戰慄的臉色。第四辛麵所用的麵，是麵體較粗，容易讓濃稠湯汁沾附的捲麵。先充分浸泡辣油，再灑上辣椒粉，似乎就可以製作出這種深紅色的麵。對辣的講究近乎執拗。

「受不了，你們太誇張了，區區一碗激辛拉麵……」

雫梨一臉傻眼地望著辣得死去活來的古城，並且一口氣將深紅色的麵吸吮到嘴裡。隨後，從她口中冒出了湊不成字句的高頻尖叫聲。

「啊啊啊啊啊啊啊啊！這是什麼嘛……！好麻，我的舌頭……要燒起來了！」

先前的從容表情蕩然無存，雫梨淚汪汪地掙扎起來。頭巾由辣得人仰馬翻的她頭上脫落，從白髮的縫隙間，有寶石般的鬼族尖角露出蹤影。

「啊，幾位客人，你們該不會是魔族吧？」

原本在廚房裡將麵瀝乾的店主，儼然擁有魔族特區居民的風範，還能平靜地朝古城他們搭話。

「因為辣椒在中華文化圈及南歐也會被用於驅邪。即使靠魔族的生體屏障，應該也擋不住辛香料的刺激性。」

「那種事情……麻煩你……先講一聲……」

古城怨怨地仰望了表現得有些自豪的店主，並且低聲抗議。

「好辣喔……雖然很美味……可是好辣……」

雫梨一邊用無助的聲音嘀咕，一邊大口咀嚼著麵。唉聲嘆氣間仍然毫不放棄地繼續吃，可見她實在有骨氣。

在這種局面中，只有雪菜像機器一樣地默默用餐。儘管還不至於發出聲音用力吸吮麵條，但是她的第四辛麵正以穩定的步調持續減少。

古城訝異地望著雪菜問：

「姬柊，妳吃這個都沒事嗎？」

「是的。身為獅子王機關的劍巫，我隨時都有準備好因應這種程度的難關。」

雪菜一臉泰然自若地舀起熱騰騰的湯。凶惡的液體裡摻了大量切碎的辣椒、花椒及底細不明的香料。

這時候，原本在端盤子的一名店員切下了牆面設置的謎樣裝置開關。

「啊，對不起。這位客人，我們忘記說明了。本店是禁止用體能強化咒的。」

「……咦？啊……啊啊啊啊啊啊啊啊啊！」

下個瞬間，把熱湯含在嘴裡的雪菜面紅耳赤地尖叫了。店裡備有的咒術妨礙裝置讓雪菜的體能強化咒失效了。

「原來妳用咒術切斷了痛覺？作弊！妳這是作弊！」

雫梨指著被人發現取巧的雪菜開口譴責。原本待在廚房的店主笑吟吟地朝古城等人說：

「我們也是在魔族特區做生意的店，當然要有這點因應耍詐的對策。啊，這是懲罰用的青辣椒拼盤。」

「咕唔唔唔唔……！」

雪菜的拉麵被加了一堆青辣椒，欲哭無淚地細聲咕噥。古城在這段期間仍一點一點地吃著麵，當麵差不多減少一半時，打算歇口氣的他朝吧檯上的水瓶伸出手。

「好辣……給、給我水……！」

「啊，不可以，學長！吃了這麼多辣椒以後，要是你喝水的話——」

古城在將冷水一飲而盡後，才注意到雪菜的警告。辣椒的辛辣成分屬於脂溶性，靠冷水幾乎無法緩和，反而會讓辣度擴散到整個口腔。

「咕啊啊啊啊啊啊啊！」

古城承受不住與期待相反的加倍刺激性，趴倒在吧檯上了。

「我……我投降……！」

「好的，接受這位客人的投降！謝謝惠顧！」

店主淡然地接納古城認輸的宣言。其語氣並無看輕或同情的調調，反而充滿了讚許敗者勇於一搏的溫情。

另一方面，在古城的兩旁，壯烈的意氣之爭依舊持續著。

「……妳不投降嗎，姬柊雪菜？既然不能用體能強化咒，妳不必硬忍喔？」

「香、香菅谷同學，妳才是呢，明明才剛復健完畢，請不要勉強喔。妳的眼神可是從剛才就變得空洞了……！」

「我可是……受到修女騎士庇佑的！這種程度，就連勉強都算不上！妳看起來才是滿頭大汗呢！」

「不勞妳費心……！只要想起監視曉學長有多辛苦，這根本沒什麼大不了的！」

「關於那一點！我有同感……！受不了，提到古城啊，一不注意就會讓眷獸失控，還會擅自送死……！」

「明明如此！學長還動不動就吸其他女生的血，發展成下流的關係……！」

大概是意識已經朦朧了吧，雫梨與雪菜的對話不知不覺歪掉了。古城承受到周圍責怪般的視線，狼狽地說：

「喂，別扯了！話說哪有什麼監不監視，都是妳們擅自黏著我跟進跟出而已吧！」

「這男的……！明明還跟我孤男寡女地一起洗過溫泉……！」

「曉、曉學長也害我被迫做了不知道多少次的羞恥行為……！」

「我說過了，妳們冷靜點！沒必要一邊吃拉麵一邊談這些吧！呃，麻煩饒了我啦，真的拜託妳們！」

「料跟麵吃完了，問題是這碗激辛湯頭……」

「不知道該說是濃縮的辣椒精華，還是辣椒素的聚合體……」

雪菜她們已經將第四辛麵吃完大半，容器裡只剩最後一瓢湯。然而所有辛辣成分都濃縮於那些沉澱物，猶如地獄的刺激性聚合體。這是最後的難關。

「姬柊，還有卡思子……一口氣吃完那些的話，實在不妙喔……」

辣椒的強烈香氣彷彿催淚瓦斯，使得古城用發抖的聲音提出警告。

然而，雪菜帶著有些釋懷的表情點頭說：

「說得對。假如沒有體驗過香菅谷同學的攻勢，或許我就撐不住了。」

「的確，跟姬柊雪菜的拳頭一比，這種刺激算不上什麼！」

當雫梨這麼喃喃自語的同時，她們倆把最後剩的湯灌進喉嚨了。碗底清空。

「妳、妳滿厲害的嘛，姬柊雪菜。我認同妳夠格當第四真祖的監視者。」

「嗯，妳也一樣。香菅谷雫梨．卡思緹艾拉。了不起的骨氣。」

店裡所有人送上如雨般的歡呼與掌聲，雪菜與雫梨便讚許彼此的奮鬥。

「呃，妳們還好吧？臉變得很誇張耶……」

兩人的臉都被汗水與眼淚弄花了，古城擔心似的望著她們，顯得不知所措。

就在這時候，有新的客人走進了海虎庵店內，是將彩海學園制服穿得時髦有型的亮麗女高中生。她注意到吧檯的古城等人，眨起眼睛說：

「哎呀，古城？你們也來啦？」

「淺蔥……」

妳來得正好──古城向藍羽淺蔥招了招手。他想要找淺蔥幫忙照料雪菜她們。然而不知怎地，淺蔥的出現卻讓店裡的氣氛大為轉變。

「啊！是『Ａ．Ａ』小姐！歡迎您蒞臨！」

「你好啊，老闆。能不能照老樣子來一份餐點，麻煩你嘍？」

店主立正敬禮，而淺蔥熟門熟路地點餐。店主緊張得臉孔緊繃。

「好的，樂意之至！特大碗第四辛麵，辣度十倍，再搭配地獄麻婆丼！」

「辣度十倍……」

「特、特大碗……還搭配地獄麻婆丼……」

雪菜與雫梨聽見淺蔥脫離常軌的點餐內容，覺得自己至今的努力像是受了嘲笑，發出了內心受挫屈服的聲音。

「姬柊！卡思子！喂，妳們振作點！」

在古城慌亂叫喚之下，精疲力竭的雪菜與雫梨兩人這才完全失去了意識。

第六話
妳不在

曉古城與姬柊雪菜一邊微微喘氣，一邊趕著搭上了擁擠的車廂。七點五十一分發車的單軌列車環狀線外圈。能趕在上課時間前到校的最後一班車。

「看來勉強可以逃過遲到的下場呢。」

雪菜整了整凌亂的瀏海說道。因為要等睡過頭的古城，害得她也差點遲到了。古城一邊擦著沿臉頰流下的汗水，一邊點頭說：

「對啊……抱歉啦，姬柊。還讓妳陪我。」

「不會。因為我是學長的監視者。」

雪菜把手伸向古城胸口，替他將襯衫脫落的釦子扣好。接著她略顯落寞地微笑，還自言自語似的嘀咕：

「但是設想到我不在的時候，就讓人擔心了呢。畢竟學長是個沒有人照顧就不行的吸血鬼……」

隨便聽聽的古城沒把雪菜那些話放在心上。她待在古城身邊是為了執行獅子王機關交派的任務。只要職責結束，她遲早會離開。

然而古城沒有體認到那一點。至少，當時仍是如此。

「你在做什麼啊，古城。要回家嘍。再不快一點，限定品項就要賣完了。」

那天放學後。已經準備好回家的藍羽淺蔥及矢瀨基樹向茫然地站在校舍前的古城搭話。古城受到他們邀約，今天預定會去吃個鯛魚燒再回家。

「咦，這麼說來，姬柊呢？今天她沒有跟你在一起嗎？」

矢瀨一邊環顧四周，一邊露出略顯意外的表情。古城則是默默地聳了肩。平時雪菜都會在校舍前等著古城上完課出來，唯獨今天不知道為什麼，始終不見人影。儘管古城對此感到疑惑，卻還是故作平靜地說：

「她大概有什麼事吧。反正平常都是姬柊擅自要跟，我們也沒有約好要碰面。」

「古城，那麼你先回家也不會有問題嘍。」

「哎，是那樣沒錯……」

古城覺得有些內疚，卻還是對淺蔥說的話點了頭。隨後，蘊含強烈殺氣的怒罵聲衝著古城等人的耳朵傳來了。

「啊啊啊啊啊啊啊，曉古城！終於找到你了！你對雪菜做了什麼！」

「咦？」

穿著別校制服的高挑少女一邊甩亂馬尾，一邊朝古城直衝而來。急得像是二話不說就會直接揍人。那是獅子王機關的煌坂紗矢華。

「煌、煌坂？欸，等等！冷靜點！有人在看啦！」

「我怎麼可能冷靜！雪菜失蹤了耶！」

「失蹤……？妳說姬柊？可是，她今天早上也跟我一起上學耶？」

冷不防地聽紗矢華一說，古城變得目瞪口呆。

「我沒有騙你！因為這張字條就留在獅子王機關的辦公室！」

「這是什麼？請假單？」

古城看了紗矢華亮出的紙張，納悶地蹙眉。大意是出於個人因素要申請休假；還希望能找人接手第四真祖的監視任務，雪菜的筆跡寫下了這樣的內容。

「簡單說就是姬柊學妹請了有薪假？」

「這麼說來，我記得獅子王機關的劍巫姑且算是國家公務員。」

淺蔥與矢瀨各自用掃興的語氣說道。就算雪菜身為攻魔師再怎麼優秀，未成年的她工作至今都沒有好好放過假才叫異常。偶爾請個假感覺不是需要嚷嚷的問題。

「不只是那樣！我跟雪菜都聯絡不上！她從學校早退了，好像也沒有回公寓……！明明她從來都沒有說過想找人接手監視第四真祖的耶！」

紗矢華一邊猛搖頭，一邊抹去眼角浮現的淚珠並且瞪向古城。

「曉古城，從實招來！你跟雪菜發生了什麼！難道說……你硬是要雪菜不情不願地做這做那……下、下流！你這個變態真祖！」

「妳都在想像什麼沒禮貌的事啊！」

古城捂住紗矢華的嘴巴朝她吼回去。由於紗矢華的外貌吸睛，放學途中的學生們都將好奇目光集中在古城他們身上。在這種情況下，無端被她大呼小叫地中傷誹謗可讓人受不了。

「不過，姬柊想從監視古城的任務請辭，感覺事情不單純耶。」

矢瀨冷靜地嘀咕。沒錯呢——淺蔥也表示同意。

「只能推測是發生了什麼事情讓她實在忍不住……古城，你心裡有底嗎？」

「幹嘛問我。我怎麼可能會知道。」

古城板著臉孔漠然說道。基本上，雪菜沒有說過要從監視的任務請辭，只是委託上級派人手代班而已。

「啥？你那是什麼荒謬的態度！你都不擔心雪菜嗎！」

紗矢華橫眉豎目地逼問古城。古城生厭地嘆氣說：

「不是吧……我屬於被監視的一方，沒有理由要擔心姬柊啊。從嘮嘮叨叨的她身邊獲得解脫，我反而還鬆了口氣……」

「是嗎……我弄清楚了。雪菜就是被你這種態度傷到的！」

紗矢華將揹著的樂器盒擱下，從盒子裡拔出刀械。刃長近一公尺的銀色長劍。那不是在校地內可以亂揮的玩意。

「住手啦，白癡，別在這種地方亮出凶器！煌坂，話說妳為什麼要生氣啊！妳不是討厭我跟姬柊在一起嗎！」

「咕……唔唔……」

紗矢華一邊氣得肩膀顫抖，一邊不甘地收劍。傷腦筋呢——淺蔥嘆氣表示：

「的確啦，古城的說詞也不是無法理解。」

「對吧。好了，事情就是這樣，我要回去了。不好意思，鯛魚燒下次再吃吧。」

「啥！你等一下，曉古城！在雪菜回來以前，我就是你的監視者……喂，你別逃，給我站住！」

古城快步離開，紗矢華則是一邊大聲嚷嚷一邊追過去。淺蔥他們露出了難以言喻的微妙表情，目送了那樣的兩人。

「咦，古城哥……你一個人？」

古城到家後，出來迎接的是穿著圍裙的曉凪沙。她注意到哥哥的憔悴模樣，露出了有些困惑的臉色。

「原來姬柊還沒有回來啊……她在學校也早退了，對吧？」

古城朝房間裡看了一圈，慵懶地嘆氣。雪菜自從搬到曉家隔壁間以後，無意間變得都會跟古城他們一起吃晚餐。所以古城便無意識地期待雪菜今天是不是也跟往常一樣會出現。

「她是早退了沒錯，不過我也沒聽說理由耶。飯菜多準備了，怎麼辦？我難得做了雪菜喜歡吃的南蠻雞。」

凪沙望著餐桌上的飯菜，困擾似的噘起了嘴唇。

「用保鮮膜包起來留著吧。最壞還可以在之後拿去給煌坂吃。」

古城一邊草率交代，一邊望向了窗外。

獅子王機關的少女舞威媛不知怎地站在隔壁棟公寓的樓頂，還用望遠鏡窺探曉家的客廳。她似乎打算監視古城。

「你說的煌坂……是雪菜的學姊？那個人在做什麼啊？」

「別在意。反正放著不管也沒有害處。」

古城狀似疲倦地斷言。是喔——凪沙一面偏頭，一面俐落地繼續準備晚餐。洗完手漱過口的古城也幫忙把菜端上桌，然後兩人面對面在餐桌前坐下來。

「總覺得怪怪的耶。只有我跟古城哥一起吃晚餐。」

為了排遣靜悄悄的感覺，凪沙用開朗語氣說道。理應熟悉的客廳，不知怎地比平時多了

種空蕩感。電視開著的聲音聽起來格外大聲刺耳。

「以前這才是正常的吧。」

古城語氣溫和地回話。凪沙氣悶地鼓起腮幫子瞪著古城說：

「是那樣沒錯……我問你喔，古城哥。你跟雪菜出了什麼事？」

「我跟她還能出什麼事？」

「你有沒有做出會讓雪菜不理你的事情？比如在無意識間講了過分的話，或者給她添麻煩之類。」

「為什麼每個人談這件事的前提都是我惹姬柊生氣啊……」

古城粗魯地咬斷雞肉，鬧脾氣似的把臉歪一邊。

「因為古城哥平日的表現啊……懂嗎？」

凪沙冷靜地點出事實。古城什麼都無法回嘴。以監視者自稱的雪菜對他百般照顧，對於依賴雪菜而給她添麻煩這件事，古城並非沒有自覺。

彷彿承受不了妹妹用視線帶來的壓力，古城驀地將目光轉開。隨後，凪沙擱在餐桌旁的手機短短地發出了來訊聲。

「好像有給妳的訊息喔。」

古城一把抓起手機，眼神隨之變得險惡。因為他不小心看見了顯示在手機畫面上的一部分訊息。

「啊！等一下，古城哥，別擅自看我的手機啦！」

凪沙生氣地叫著，從古城手裡搶走手機。

「即使妳那麼說，誰教妳要設定成把訊息顯示在待機畫面上……」

「咦，你真的讀了嗎！」

「沒有啦。」

古城板著臉回話。凪沙交互看了看收到的訊息與古城的臉，有些為難地讓目光亂飄。

「不不不，你在騙我吧。臉上顯露得很清楚喔？雖然我可以體諒古城哥的心情啦，沒錯，最好不要太介意喔。也許是我的朋友看錯了啊，說雪菜跟大帥哥要好地一起走在人煙稀少的地方，怎麼會嘛。」

「結果妳自己不就把內容全部講出來了……」

古城沒規矩地一邊拄著臉，一邊把剩下的飯菜扒進嘴裡。

來訊者是凪沙的同學。主旨為雪菜的目擊情報。對方發現從學校早退的雪菜跟一名不認識的俊美男生待在一起，嚇得急忙發了訊息要找凪沙討論。

對方親切地發訊息還附上照片，上面明顯拍到了貌似雪菜的少女。儘管圖片昏暗得看不清楚男方的模樣，但是該名人物似乎在安慰沮喪的雪菜，還摟著她的肩膀。

「呃……古城哥，你在生氣嗎？」

「我為什麼要生氣？無論姬柊要跟誰在一起，我都沒興趣。」

古城沒滋沒味地吃完像在嚼沙的這頓飯，然後默默把餐具塞進洗碗機。

凪沙擔心地望著古城那樣的背影說：

「對、對了。你要不要吃馬芬？今天早上家政課實習做的……」

「啊……謝啦，但現在不用了。我才剛吃完飯。」

凪沙小心翼翼的態度讓古城感到排斥，逃也似的走向自己房間。

古城是被稱為第四真祖的世界最強吸血鬼，雪菜則是他的監視者。彼此的關係單純就是這樣。雪菜要在私人時間跟誰做什麼，古城都不打算插嘴，他也沒有那樣的權利。所以希望別人不要來表示多餘的關心——古城莫名有疙瘩地思索著這些。

「呃……古城哥，那個……你要打起精神喔。」

凪沙拚命向古城搭話，想為他打氣。

古城一面仰望天花板嘆息，一面倒到了床上。

經過幾乎無法成眠的一晚，睡魔來襲是在接近黎明時的事。後來古城就立刻被鬧鐘吵醒，起床的心情糟透了。

「已經這麼晚啦……姬柊呢……」

古城照平時的習慣環顧房間裡，然後「嘖！」地朝自己咂嘴。這陣子，凪沙因為社團晨練不在家，雪菜每天早上都會代替她來叫古城起床。古城沒有拜託她，是雪菜主動要這麼做的，今天早上古城卻對不知不覺間產生依賴的自己莫名惱火。

「算啦。看來今天要遲到了。」

古城茫然望著時鐘指針，嘀咕得彷彿事不關己。只要用跑的到車站，想趕上上課的時間倒不至於來不及，不過他也沒有理由要那麼拚命地避免遲到。在雪菜來監視以前，古城一直都是遲到慣犯。早上睡過頭挨罵對他來說算家常便飯。然而——

——學長是個沒有人照顧就不行的吸血鬼……

「哎，混帳。管那麼多……」

腦海裡浮現了雪菜那句話，古城反抗似的起身走向浴室。隨便將儀容整理過，換上制服，急著準備好上學。

「早餐……吃這個就行了吧……」

古城抓起餐桌上擺的馬芬，然後碎步趕向玄關。他可不想被人同情自己因為雪菜不在就遲到。

然而古城一出玄關，發現高挑的少女氣勢洶洶地站在那裡等著。

「好慢！你想讓我等多久啊，曉古城！」

「……煌坂？妳在別人家門口做什麼？」

「身為你的監視者，我專程來接你的耶！」

「這樣喔。重要的是姬柊呢？她還沒回來嗎？」

古城一邊搭上公寓的電梯，一邊問紗矢華。紗矢華則盯著那樣的古城反問：

「你會在意？」

「啥？沒有啊？」

「你的氣色很糟喔。我看你是想雪菜想到睡不著吧？」

「是她自己要鬧失蹤的，我為什麼非得在意她啊……唔？」

臼齒傳來硬邦邦的觸感，使得古城板起臉孔瞪了吃到一半的馬芬。震撼的感覺就像咬到堅硬的金屬。馬芬不該有這種口感。

「曉古城？怎麼了嗎？」

古城突然沉默下來，紗矢華便納悶地探頭窺探他的臉。古城神色凝重地猛然將臉孔抬起，紅著眼睛瞪向紗矢華。

「煌坂……姬柊在哪裡？」

「雪菜從昨天就沒有回家啊……」

「趕快去找她！現在馬上！」

「叫、叫我找雪菜，是要怎麼找啊？就算派式神找，也得有線索……」

紗矢華似乎被古城的氣勢嚇到了，她陣陣後退。古城將她逼到緊靠電梯車廂的牆邊，並且說道：

「姬柊會去的地方我大概都知道！所以說，拜託妳了！」

「知、知道了啦。我會照辦，所以你離我遠一點……這樣太近！貼太近了啦！」

在古城等人當成通學路的河畔小徑。姬柊雪菜趴在草坪上，有個氣質中性的美少女則困擾似的低頭看著她。

「我說啊，姬柊同學。妳休息一下會不會比較好？畢竟妳從昨天就完全沒有睡。」

「對不起，讓妳陪了我一個晚上。優麻同學，請妳先休息吧。」

雪菜說著又回頭在草坪翻找。仙都木優麻死心似的聳肩說道：

「忙了這麼久，我會幫到最後啦。碰巧遇見妳還打了招呼，也是某種緣分嘛。」

「……原來如此。跟姬柊在一起而被當成帥哥的是妳啊，優麻。」

優麻準備蹲到雪菜身旁，古城就從背後出聲叫了她。優麻穿著運動品牌的連帽衣，加上中性的臉孔，即使被誤認為少年也沒什麼好奇怪。凪沙的同學不認得優麻的長相，鬧了誤會也是無可厚非。

「學……長……？」

「終於找到妳了，姬柊。」

雪菜僵凝似的停下動作，古城便毫不顧慮地朝她靠近。雪菜一邊掩著自己的左手，一邊畏懼似的用發抖的聲音說：

「學長……對不起……！」

「啊，等等！姬柊！」

雪菜背對開口叫住她的古城，拔腿就逃。然而，將雙臂伸開的紗矢華擋到了雪菜面前。

「我不會讓妳溜掉喔，雪菜！」

「連紗矢華都……！」

雪菜絕望似的低聲驚呼。

「古城，你等一下！姬柊同學有無法跟你見面的隱情！」

「不要緊。我懂。」

優麻立刻想袒護雪菜，古城就慵懶地朝她笑了笑。沒錯。搞懂以後會發現事情其實很單純。雪菜有即使擱下任務也非得找回來的東西。

「姬柊，讓我看看妳的左手。」

「對不起，學長……我……」

「妳在找的是這個吧。」

古城粗魯地抓起雪菜的左手，然後將戒指套進她的無名指。雪菜茫然睜大了眼睛，望著突然出現的銀戒。

「這枚戒指……怎麼會……！」

「我發現那包在凪沙帶回家的馬芬裡面。大概是妳烤的吧。」

「啊……那麼，該不會是我在家政課實習的時候……」

雪菜聲音微弱地嘀咕。她在實習時弄丟的戒指，原來是被包到馬芬的麵團裡，然後進烤箱烘焙了。而且雪菜並不曉得事情是那樣，應該熬夜找遍了想得到的地方，比如彩海學園的校舍裡及通學路。

「假如戒指弄丟了，只要說一聲我就會幫忙找嘛……」

紗矢華望著雪菜，不服氣地開了口。雪菜卻帶著凝重的表情搖頭說：

「不。這枚戒指封藏了曉學長的一部分肉體，萬一被人惡意用來當成詛咒的觸媒，學長會大禍臨頭……我總不能讓別人知情……」

「所以妳才想趕在被人發現前找回來啊……詛咒的觸媒……可以對曉古城下詛咒……」

「喂，慢著煌坂。妳別擺出『原來還有這一招』的臉。」

紗矢華露出不安分的表情，使得古城戒心畢露地瞪了她。優麻發現古城有黑眼圈，若有深意地含笑說：

「話說回來，古城，你的臉色看起來好疲倦耶。這麼擔心姫柊同學啊？」

「我才沒有擔心。嘮嘮叨叨的監視者不在，我反而過得很舒服。」

「學長不覺得擔心啊……反而過得很舒服啊……這樣嗎。」

雪菜斜眼瞪著嘴硬的古城，氣悶地撇了嘴。

「算了。學長，重要的是上課要怎麼辦？趁現在用跑的還來得及喔。」

「咦……不，我今天實在是累了……應該說，何必拚成那樣……」

「說會累是為什麼呢？我不在，學長過得很舒服吧？原本學長的出席天數就不夠，蹺課來這種地方可不行。」

雪菜一邊正經八百地說，一邊牽起古城的手就跑。

她已經完全恢復平時的態度，那讓古城感到既懷念又寬心，同時也無助地朝著天空吐了氣。

「……饒了我吧。」

第七話

凪沙的歡樂心理測驗

上學途中的單軌列車車廂內。曉凪沙將讀到一半的書開著，忽然抬起臉。

「欸欸欸，古城哥、雪菜。說來突然，我們來玩心理測驗吧。心理測驗。」

「真的很突然。」古城一眼傻眼地看著妹妹說：「我還納悶妳讀什麼這麼專心。」

「心理測驗？」站古城旁邊的雪菜微微偏了頭反問：「妳是指法院為了鑑定凶殺案犯人的精神狀態及責任能力，會委託精神科醫生做的那種測驗……」

「那叫精神鑑定。哎，要說的話是有類似的地方。」

「我認為應該完全不同喔。」古城說：「所謂的心理測驗跟占卜比較像啦。先問幾個問題，然後從答案來推敲作答者的深層心理，或者給予建議。」

「這樣啊。」雪菜含糊地附和：「占卜……是像適性測驗那樣嗎？」

「呃，倒不是那樣。總之我要問嘍，第一題！」凪沙硬是做起測驗：「你在店裡點了拉麵，端來的卻是激辛咖哩，跟你點的東西不一樣。那麼，你會怎麼做呢？A．只好把激辛咖哩吃完。B．請店員換成拉麵。C．吃完激辛咖哩，再順便點拉麵與餃子吃。」

「我會選A。店裡的人應該也有弄錯的時候吧。」雪菜語氣正經地回答。

「那我選C……這樣能夠知道什麼？」古城帶著存疑的表情回望凪沙。

「呵呵呵。」凪沙莫名得意地挺胸說：「送來的餐點有錯是象徵背叛。對那道餐點的因應方式，則是你發現另一半外遇會有的態度。古城哥選了C，屬於心裡不只有外遇的另一半，還會放縱自己到處拈花惹草的類型。這表示古城哥自己就很花心！」

「花心……原來如此。確實說中了呢……」雪菜佩服似的嘆氣。

「哪有！為什麼點個拉麵就能知道那些！太牽強了吧！」

「然後呢，選了A的雪菜屬於男朋友外遇就絕對不會善罷甘休的類型。有執著過頭成為跟蹤狂的風險。」

「什……！」

「跟蹤狂啊……說中了耶……」古城一面望著吭不出聲的雪菜，一面感慨地嘀咕。

「學長為什麼會認同呢！」雪菜噘起嘴唇抗議：「還不是因為學長自己要拈花惹草。每次只要我一不注意，學長馬上就對其他女生色瞇瞇的……！」

「我為什麼會挨罵啊？」古城困惑地瞇眼說：「這個題目是在說姬柊的男朋友吧？」

「……咦？」古城意外冷靜的糾正，讓雪菜臉紅了。她發現先入為主的是自己。「不、不是的！我剛才談到的是自己的責任，並沒有把學長當成男朋友的意思……唉唷！」

「好痛！」古城莫名其妙地被雪菜搥在心窩，因而發出低吟。

他們倆的溫暖互動感覺只像在調情，使得凪沙露出乾笑說：

「啊哈哈哈……那我們換個心情來做下一題吧。當你在昏暗的森林裡徘徊時遇見了一隻動物，那隻動物是？A．貓咪、B．熊貓、C．狼、D．邪惡的吸血魔龍史寇爾闊德勒。」

「好像有一個怪怪的選項混進去了耶？算啦，總之我選A。」古城草草回答。

「那麼，我選D……不，還是C好了。」雪菜慎重地挑答案。

「呼嗯。迷路是代表無力的幼童。透過遇見的動物，可以知道你養育小孩的方式。古城哥選了性情善變的貓咪，屬於會跟小孩一起作怪的類型。雪菜選了顧家而保護過度的狼，是個熱心於教育的媽媽。要小心別管教得太嚴，以免被小孩疏遠喔。」

「啊……姬柊是教育狂媽媽喔。我好像能理解耶，也說不出為什麼。」古城深深點頭。

「那、那還不是因為學長太寵小孩的關係！所以我是不得已的！」

「咦？不對啦，現在不是在談我的小孩，而是姬柊的小孩吧……？」

「既然是我生的小孩，那不就是學長的小孩……嗎……」

雪菜急著反駁，說到一半就發現自己話裡的含意而愣住。她的臉一路紅到了耳朵。另一方面，古城則是帶著不知道該如何反應的表情僵在原地。

凪沙斜眼看著親哥哥與同學對望，狀似疲倦地嘀咕：

「唉……好了啦。就當作你們兩個契合度百分之百。唔～看了都快要吐砂糖嘍。」

搭同班車的周圍乘客都同意似的一起點了點頭。

第八話
忘掉一切

「那個墜子是做什麼的？催眠術嗎？」

曉凪沙興致勃勃地雙眼發亮，並且探出身子。

晚上的曉家客廳。雪菜如往常般跟曉家兄妹一起吃過晚餐以後，緩緩地掏出了一條鏈墜，眼尖的凪沙便注意到了。

「嗯，學長有點事要拜託我。」

雪菜表情認真地點頭。凪沙納悶似的微微偏頭問：

「被古城哥拜託的……呃，施催眠術？」

「差不多。我這陣子生活一直日夜顛倒，導致嚴重睡眠不足。姬柊說她會用催眠術，所以我想請她施個能睡得比較沉的催眠。」

古城回答了妹妹的疑問。洗完澡換上運動服當睡衣的他，已經準備就緒。處在隨時可以就寢的狀態。

身為夜行性的吸血鬼，古城本來就是個夜貓子，早上也很難起床。因此為了盡可能多確保睡眠的時間，雪菜提議要不要試試催眠術。

只要用不具魔力的單純催眠術，能對擁有強大魔法抗性的吸血鬼生效，這是為人所知的

一點。實際上，古城之前也有留下因此被恐怖分子操控的事例。催眠術的有效性無庸置疑。

「哎，從這個時間開始睡，我想睡眠不足當然是可以消除掉啦。」

凪沙抬頭看向時鐘，然後傻眼似的嘆氣。時間剛過晚上八點。

「重要的是，原來雪菜會用催眠術啊？」

「我只是學過用法，所以倒不是真的有把握。」

「不過，滿令人有興趣耶。我想看我想看。」

好奇心旺盛的凪沙來勁地坐到古城旁邊。

「那麼，請學長先一邊緩緩吐氣，一邊盯著這個墜子。」

雪菜說著，靜靜地在兩人面前舉起了銀色鏈墜。

隔天早上，彩海學園的空教室聚集了一群可疑的人。藍羽淺蔥、矢瀨基樹、南宮那月與曉凪沙。另外還有雪菜與曉古城。學年、性別、立場各異的謎樣團體。

「古城喪失了記憶……？」

矢瀨聽到突兀的召集理由，而發出驚愕的聲音。

古城則是一臉無所適從地望著矢瀨那樣的反應。

古城的態度顯得見外，是因為聚集到這間教室的人，對目前的他來說都是陌生人──實

質上，應該算初次見面吧。經過一晚，睡醒的古城甚至連自己的名字都忘了。

「怎麼一回事啊……？他是在哪裡撞到頭了嗎？」

難得表現出疑惑的淺蔥向雪菜質問。雪菜無助地欲言又止。

「呃，好像……是因為昨晚的催眠術留下了後遺症……」

「催眠術？」

淺蔥與矢瀨異口同聲地茫然驚呼。雪菜連忙辯解。

「呃，那個，是曉學長拜託我的。因為他說最近一直都睡眠不足。」

「我也有在場，所以知道那時候的情形。並不是為了猥褻的目的喔。」

祖護雪菜的凪沙開口作證。淺蔥仍有些困惑地瞇眼問：

「有猥褻目的的催眠術是怎樣啊？唉，算了。」

「總之古城靠著姬柊的催眠術睡著以後，醒來以後就失去記憶嘍。」

矢瀨理解似的硬是將狀況做了總結。無論原因為何，古城的行為舉止變得不對勁是事實，當下不得不接納失憶的前提——矢瀨似乎是這麼判斷的。

「啊……總覺得挺抱歉。你們幾個……是我的朋友，這樣想對吧？」

等矢瀨等人設法鎮定以後，古城便戰戰兢兢地做確認。

「對啦。我們是從國中部就認識的老交情。」

矢瀨的語氣之所以變得冷淡，恐怕是因為被古城忘記，受了刺激所導致。

唔嗯──原本默默聽著說明的那月，狀似深感興趣地低語：

「他從那部分就已經不記得了？消失的並不是只有這幾天的記憶？」

「學長好像連自己的名字與身分都忘了。當然也完全不記得我跟凪沙。」

雪菜垂下目光解釋。

「古城連凪沙都忘了？」

淺蔥訝異地挑眉。她知道古城平時有多寵妹妹，故而重新體認到事態的嚴重了吧。實際上，雪菜她們為了讓失去記憶而混亂的古城冷靜並帶他來學校，就費了一番工夫。

「抱歉。不過，原來是這樣啊。忽然說我有妹妹，心裡也不太踏實。」

古城望著凪沙的臉龐並垂下肩膀。凪沙落寞似的微笑著搖了搖頭。

「這樣看來，古城的症狀相當嚴重。」

「是的。學長還記得一般常識和器具的使用方式，可是關於個人的知識及回憶好像都消失了。」

雪菜看矢瀨一臉苦澀地嘀咕，就帶著凝重的表情點頭回話。

「呼嗯……所以，他也忘記自己是吸血鬼了？」

「啊，藍羽學姊……！」

雪菜壓低了聲音責怪淺蔥。失去記憶的古城本來已經夠困惑了，要透露那樣的情報未免太敏感。

不過，淺蔥反而對雪菜投以怪罪似的視線。

「怎樣嘛。瞞著他又沒用，畢竟這是事實啊。」

「的確。要是讓曉毫無自覺地召喚出眷獸，還在大街上失控的話可不得了。」

那月語氣冷靜地予以點破。雪菜一時間變得語塞。

「是那樣沒錯……」

「等一下。你們說的吸血鬼是怎麼回事？難不成是在說我？」

古城用缺乏緊張感的語氣發問。他露出了有些生厭的臉色，大概是覺得雪菜等人的對話是在開玩笑吧。

淺蔥當面跟那樣的古城挑明真相。

「對啊。你是第四真祖，世界最強的吸血鬼。」

「說我是第四真祖……不不不，那未免太扯了。對吧？」

古城向雪菜等人尋求認同，態度彷彿在說：我可不會上當。古城是除了召喚眷獸外幾乎毫無本事的吸血鬼，因此好像沒有機會察覺本身的體質。

被尋求認同的雪菜等人卻只能尷尬地沉默。

「咦？我真是吸血鬼？可是，你們說的第四真祖就那個嘛。率領由災厄化身的十二眷獸，啜飲人血，行殺戮及破壞，超脫世界道理的冷酷無情怪物——是這麼說的吧。」

「哎，沒有錯。」

「大致上都吻合。」

古城談起關於第四真祖常見的都市傳說，矢瀨與淺蔥鄭重地表示認同。冷酷無情的部分姑且不提，關於第四真祖的傳聞，有許多部分並不是那麼背離事實。

「欸，騙人的吧……我會是世界最強吸血鬼？真假？這不是在拍整人節目？」

古城就連聲音都顯露出焦慮，還一再向眾人確認。他不僅完全喪失記憶，又被指認是世上首屈一指的危險人物。內心受到動搖也是難免的。

「那都是事實。你就認了吧。」

那月瞪著古城冷冷地宣告。

「話說，原來古城哥還保有整人節目的知識啊……」凪沙嘀咕起無關緊要的感想。

古城盯著那月，臉色嚴肅地將嘴唇抿了一會兒。然後，他朝著坐在旁邊的雪菜耳邊細聲嘀咕：

「我從剛才就很在意，這裡是彩海學園的高中部吧？怎麼會有小學生混進來？」

「你叫誰小學生？蠢貨。」

那月隨手揮起手上的扇子，隨後，大氣迸裂般的怪聲響起。古城被無形衝擊波敲在額頭上，當場人仰馬翻。

「痛耶！剛才那是啥花樣！話說妳不是小學生的話，不然是國中生嗎？難道妳跳級來高中讀書的？假如是這樣，起碼要學會面對長輩的禮節——好痛！」

「面對長輩的禮節啊。那確實很重要。為了答謝你的賜教，我可以一直提供震撼，直到你不中用的腦袋恢復記憶。」

每當那月用扇子左右揮舞，古城的腦袋就跟著左搖右晃。他正在被衝擊波來回不停搧耳光。

「等一下等一下！暫停啦，那月美眉！再繼續就要出事了！」

「請、請妳冷靜點，南宮老師！畢竟曉學長失去了記憶……！」

矢瀨與雪菜看不下去便攔阻那月。古城東倒西歪地盯著那月說：

「……老師？這個人是老師？」

「或許你無法置信，但事實就是事實。跟你身為第四真祖一樣。」

淺蔥打開私人的筆記型電腦，然後將螢幕轉向古城。顯示在上面的是幾段影片檔。似乎是絃神島的監視器畫面。

有個疑為吸血鬼的少年在街上召喚出巨大的眷獸作亂。那個少年身穿連帽衣的模樣讓古城大感狼狽。

「這是……我……？影片裡把街道轟得挺誇張耶……這樣沒問題嗎？」

「可不是沒問題喔，唉，真會搞破壞。誰教你是第四真祖。」

「這個人好像還吸了女生的血……？」

「有吸啊。古城你就是這樣。」

「真假……原來我是這樣的人嗎……」

古城望著自己被影片記錄下來的模樣，失了魂似的捧起頭。古城吸血的對象不只一個。目前的古城完全不認識那些臉孔。

「呃……這位同學，妳姓藍羽對吧？為什麼妳會有這種影片。」

古城對淺蔥投以提防的視線。淺蔥卻嫌麻煩似的搖頭說：

「叫我淺蔥就好。看在我跟你的關係上。」

「……可以請教我們是什麼關係嗎？」

「這個嘛，即使說我們是互許將來的情侶也不為過。」

淺蔥在嘴邊露出自信笑容，還當眾挺胸給所有人看。情侶這個詞出乎意料，古城的腦袋處理不來就僵掉了。

「不，妳講得過頭了吧……」

矢瀨傻眼似的咕噥。雪菜則是變了臉色急著起身說：

「藍、藍羽學姊！」

「怎麼了嗎，只負責監視第四真祖的姬柊學妹？」

淺蔥說的話明顯是在牽制，雪菜頓時倒抽一口氣。

「曉、曉學長失憶了，我認為妳不應該提供會讓他混亂的情報！」

「我倒不覺得這會讓他混亂……從現在開始當情侶的話，還在誤差範圍之內……結果完全OK吧？」

「一點也不OK。我認為那種做法不公平！」

「但是，我被古城吸過血是事實，他要負責才可以。」

「要……要說到被吸過血，那我也一樣……啊，沒事……沒、沒什麼……」

雪菜顧及坐在旁邊的凪沙，話說到一半就變得小小聲。自己被同學的哥哥吸了血，這種話實在難以啟齒。

「這麼說來，我家的亞絲塔露蒂和叶瀨也表示被你吸過血……」

那月絲毫不看場合就提出證詞。古城狀似陷入自我厭惡而趴到了桌上。

「原來我有藍羽同學這樣的女朋友……卻還到處吸其他女生的血嗎……」

「呃，你到處吸血是事實，所以也沒辦法叫你別在意就是了……」

矢瀨同情地對苦惱的古城嘆氣，然後朝淺蔥投以責備的眼神。

「看吧。都是因為妳多嘴，事情變麻煩了啦。」

「說我多嘴是什麼意思。我講的都是真的。」

淺蔥氣悶地噘起嘴唇，那月則是無奈地慵懶搖頭。

「基本上，我不太能理解曉因為催眠術而喪失記憶的這個狀況，但事實若是如此，妳也可以用催眠術喚回他的記憶啊？」

「對喔……溯源催眠……！」

還有這招可以用——如此心想的矢瀨臉色一亮。凪沙愣愣地望著矢瀨。

「溯源催眠？那是什麼？」

「靠催眠術讓意識回溯，說起來就是讓古城回到失憶前的狀態。」

「我懂了……那樣的話，或許也可以釐清古城哥失憶的原因。」

「不，還是別那麼做比較好吧。隨便玩弄曉學長的記憶，難保不會讓事態惡化。」

雪菜提出主張，額前還莫名地冒汗。矢瀨有些意外地回望雪菜。

「溯源催眠本身倒沒有多大的危險性啦。畢竟連心理療程都會用到。」

「再說當古城失憶時，情況就已經夠糟的了。」

淺蔥淡然點出事實。雪菜則心慌似的顧左右而言他。

「可、可是，我現在也沒有帶催眠術用的墜子。」
「鏈墜嗎？如果施魔法的觸媒合用，我這裡多得是。」
那月扭曲手邊的空間，喚出顏色與形狀各異的鏈墜。
「姬柊妳不試的話，我來也是可以。反正我以前就學過催眠術的皮毛。」
「基樹，你怎麼會去練催眠術啊？下流。」
「為什麼罵我下流！我是在掌控過度適應能力的訓練中被迫學的耶！」
矢瀨與淺蔥正在為了旁枝末節鬥嘴，對古城進行溯源催眠的方針卻好像已成定局。假如那樣就能恢復記憶，古城本人似乎也願意配合。
「嗚嗚……」
在現場所有人注目下，雪菜抓起了鏈墜。接著她將借來的鏈墜靜靜舉到古城眼前。
「——請學長先一邊緩緩吐氣，一邊盯著這個墜子。」
昨晚，晚上八點多的曉家客廳。古城與凪沙都盯著垂直垂下的墜子前端。雪菜則在他們倆耳邊以呢喃似的軟聲說道：
「請緩緩地深呼吸，然後放鬆身體的力氣。你的全身會逐漸溫暖起來。連手指尖都變得暖洋洋……」

「全身……逐漸溫暖……呼嚕……」

「為什麼是凪沙比我先被催眠啊……」

古城望著放鬆躺在沙發上睡著的凪沙，傻眼似的嘀咕。雪菜開始用催眠術過了約一分鐘。再怎麼說，催眠也未免太管用了。

「不，與其稱作催眠，這只是睡著了而已。再說，凪沙好像很累。」

「拿她沒轍。」

古城一邊嘆氣，一邊抱起了熟睡的妹妹。使出所謂的公主抱。等古城把妹妹抱上床然後回來，雪菜又拿起了鏈墜預備。

「那麼，我們換個心情繼續。」

「從全身變得溫暖的部分開始對吧。」

「是的。請學長直接閉眼睛，專心聽我的聲音。從現在起，你只聽得見我的聲音。請你只想著我，並且聽從我的指示。」

「聽從……姬柊的指示……」

起初古城還帶著苦笑，但是在雪菜一再重複灌輸的過程中，氣氛慢慢改變了。古城眨眼的次數變少，還用遙望似的目光盯著雪菜。雪菜笨拙的催眠術似乎意外地獲得成功了。

「呃，請學長舉起右手。」

雪菜放下鏈墜，並且做出命令。古城乖乖地聽了她的指示。

「接著請學長摸我的頭……怎麼樣……」

為了確認古城是不是真的中了催眠，雪菜試著做出比較勉強的命令。然而古城並未反抗，而是輕輕把手放到了雪菜頭上。被他像摩娑貓咪背部一樣地溫柔摸了摸頭，雪菜反而小鹿亂撞起來。

「聽從……姬柊的指示……」

古城複誦雪菜的命令。雪菜聽了就有點氣悶。

對於交情久的淺蔥及優麻，古城都是直呼名字，對於雪菜卻依舊堅持用姓氏稱呼。那讓雪菜不由得心生不滿。

「不是姬柊，叫雪菜才對喔。以後請學長要叫我雪菜。」

「雪……菜……」

催眠狀態下的古城毫無防備，就爽快地接受了雪菜的命令。那使得雪菜產生嚴重的罪惡感。無視於古城的意願隨意操控他，以待人之道而言實在差勁。

「目、目的是要消除睡眠不足嘛。那麼，我們到學長的床鋪吧。」

雪菜想起原本施催眠術的目的，便朝著古城喚道。

「到……床鋪……」

古城打開了自己房間的門。窗邊擺著他的床鋪。然而古城沒有打算再前進，而是等著雪菜跟上來。彷彿在邀雪菜進房間──

「不，所以說……要上床的是學長……不是我……咦！」

困惑的雪菜被古城一把抱起嬌小的身軀。跟凪沙剛才一樣的狀態。接著古城就直接將雪菜帶到自己房間的床上。

「錯、錯了……剛才的意思不是要學長抱我上床……不是那樣的！」

快要被古城硬是抱上床的雪菜急了。古城並沒有錯。他只是忠實地在履行雪菜要求到床鋪的命令。硬要追究責任的話，完全是雪菜疏忽省略掉主詞的錯。

「唉唷，真是的……忘了吧！請學長全部都忘掉！」

被古城抱起來的雪菜一慌，就拉高了音調在這種狀態喊道。與其下達半吊子的指示訂正，她認為先將命令全部重置比較快。

至於隔天早上會導致什麼樣的結果，雪菜渾然不覺──

「……我想起來了……對喔……所以我才會照著姬柊的吩咐把所有事忘掉……」

在彩海學園的空教室，取回記憶的古城茫然嘀咕。

從雪菜對古城做了溯源催眠以後，經過約一個小時。昨晚在曉家發生的事，已經由陷入催眠狀態的古城一五一十地交代清楚了。包括雪菜對古城下的命令內容，也都全部揭露。

「原來如此。所以說，曉古城一直忠實地在實行妳的命令。」

「然後，古城就沒有跟姬柊一起上床後的記憶……」

大概是釋疑後感到爽快了，那月與矢瀨帶著舒坦的表情喃喃自語。

「不、不是的，那也是因為曉學長說他睡相不好……！」

「妳那麼做會不會有欠公平呢？」

「雪菜……」

淺蔥與凪沙傻眼似的瞟向雪菜。

「不、不是的……嗚嗚，拜託你們，忘了吧……請把所有事都忘記……！」

連耳朵都紅了的雪菜抱頭縮成一團。

古城一邊望著雪菜那樣的背影，一邊暗自發誓以後絕對不會再找她用催眠術。

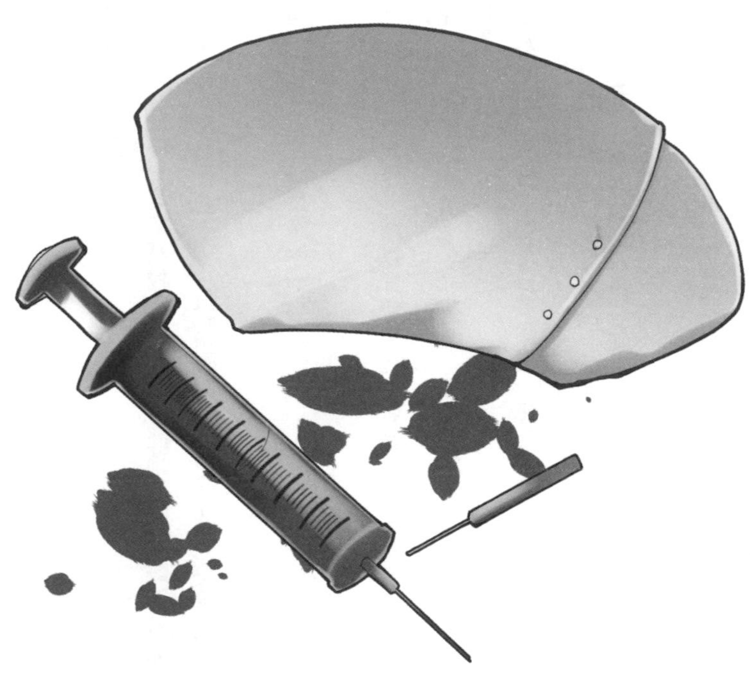

附錄極短篇2

會有點刺痛喔

「——所以說，學長。我們來打針吧。」

早晨的曉家。穿護士服的姬柊雪菜突然找上門，單方面地對剛睡醒的古城做出宣言。

「呃，但我完全無法理解是為什麼……什麼情形啊，姬柊？妳怎麼會玩起角色扮演，還穿成護士的模樣……」

「這不是角色扮演。我要做預防接種。」

「預防接種？」

「是的。學長是不死身的吸血鬼，所以即使自己沒有發病，還是有可能成為媒介，讓其他人感染到身上保有的病毒。」

「……總覺得，妳說得像蚊子一樣。」

「順帶一提，吸血鬼媒介的疾病主要是日本腦炎、瘧疾、茲卡熱與登革熱等等。」

「欸，根本就是蚊子嘛，那樣的話！」

「學長，尤其你都會趁我一不注意就去吸其他女生的血，因此必須做好預防感染的措施。」

「……情況我懂了，不過為什麼是由妳替我打針？」

「獅子王機關特別寄了注射器與藥給我。預防接種在動物醫院也可以做，但學長是未登錄魔族，所以不能用健康保險，費用會很貴的喔。」

「幹嘛找動物醫院啊！我去普通醫院就行了吧！」

「我了解學長怕打針的心理，但是請放心。注射方式我在獅子王機關的求生訓練中有學過！」

「獅子王機關的求生訓練還真是什麼都教耶……話說，我才不是因為怕打針才跟妳抱怨這些！」

「是嗎。那麼，請學長脫掉衣服，把臀部轉過來。」

「等一下，要在屁股扎針？不是打手臂？」

「是的。因為這屬於肌肉注射。順帶一提，總共要打十二針。」

「未免太多了吧！」

「沒問題的。畢竟學長是世界最強的吸血鬼，這點小痛……啊，溜掉了！等一下，學長！你要跑去哪裡，學長！」

第九話

缺錢！

那在昏暗的海底沾滿了泥巴，靜靜地蠢動著。

如今的「他」身為敗北者，過往的榮耀已不復見。

優美而強韌的肉體失去大半，力量幾乎全遭到剝奪。唯有臨死之際切離的生體組織碎片勉強逃出生天，進而存活下來。

不過「他」並沒有放棄。名副其實地在泥濘裡打滾覓食苟活，花上足以讓人失神的時間，就為等在肉體痊癒。

而且「他」並沒有忘記。

將自己推落敗北深淵，飽受吃土屈辱的是誰——

吸取由龍脈提供的龐大靈力後，「他」總算取回與以往同等的力量。不，他藉此獲得更強的壓倒性力量。

明白那一點的「他」緩緩離開海底，動身往死敵等待著的土地而去。

前往浮在太平洋上的小島。紘神島「魔族特區」——

曉古城打開門，堆滿房間的紙箱就闖進了眼簾。

「什麼情形！這裡是魔族社的社辦吧……？」

彩海學園，特殊教室大樓三樓的空教室。「魔族社」亦即魔族特區研究社的社辦。

原本社辦裡的用品頂多只有藍羽淺蔥的私人電腦，現在堆了超過兩百個紙箱，模樣有如固若金湯的城牆。

「這些貨物……該不會是饅頭吧？」

姬柊雪菜望著紙箱上貼的標籤，然後蹙了眉頭。送貨來的是絃神市內的糕點大廠。賣饅頭等點心給觀光客的店家。

實際上內容物似乎就是饅頭，以尺寸來講，那些紙箱倒不算重。

「怎麼會有這麼多箱饅頭？」

古城鑽過幾乎變成路障的紙箱空隙，朝著社辦內前進。在窗邊的工作桌，則有身為社員的藍羽淺蔥與矢瀨基樹狀似疲累地坐在那裡。

「你來得正好呢，古城。要不要買饅頭？含稅價每盒一千一百圓。」

原本向著筆記型電腦的淺蔥抬起臉，眼神呆滯地看了古城。

「呃，我倒不需要饅頭……你們兩個是怎麼了？感覺臉色很凝重耶。」

古城疑惑地問，淺蔥與矢瀨就垂下目光，深深嘆了氣。

「我們缺錢……」

矢瀨垂著臉嘀咕。雪菜擔心似的微微偏頭問：

「請問……那是忘記帶錢包的意思嗎？」

「想喝飲料的話，我可以幫你們墊錢喔？不過最好是能還就盡早還。」

古城說著就打算拿出零錢包。然而，矢瀨表示「錯了」，然後大大地搖頭說：

「哎，不是那樣啦。我們在說絃神島缺錢。」

「絃神島……缺錢？」

什麼意思——古城看了身旁的雪菜。不曉得——雪菜默默地搖頭。

「精確來說呢，就是絃神市國的財政狀況不妙。」

淺蔥懶散地拄著腮幫子，態度草率地補充說明。

「這陣子，島內陸續有大事發生對吧？要修復損壞的設施，還有支援受災戶，支出漲個不停。」

「啊……」

古城露出遙望的眼神應聲。

從洛坦陵奇亞的殲教師入島狩獵魔族算起，古代兵器現身、犯罪組織「圖書館（LCO）」的魔女們來襲，恐怖組織「深淵之陷」展開大規模恐攻——

短短半年期間，絃神島接連遭遇種種災禍，每次都造成了巨大損失。善後處理及復興所花的費用，理應會是可觀的金額。

「那也影響到稅收大幅下滑。再這樣真的會一路走向財政破產。」

矢瀨頭痛發作似的捂起眼睛嘆氣。嗯——古城噘起嘴說：

「我不太了解狀況，但是絃神市國的財政破產會有什麼後果？」

「這個嘛……絃神市國的貨幣是日圓，所以發生通貨膨脹的可能性並不高，相對地就是政府的現金會不足。」

淺蔥淡然地接著說明。

絃神島在真祖大戰中宣布獨立了，在國際上卻被視為日本國內的特別行政區，法定貨幣等細則直接沿用日本那一套。因此即使財政接近破產，還是能免於貨幣暴跌之殃。然而沒有自國貨幣的發行權，也就表示手頭的現金將越用越少。

「那樣一來，市府公務員及人工島管理公社的員工薪水就付不出來啦。公立學校的老師、警察，還有特區警備隊(Island Guard)隊員的薪水也一樣——」

「真假……那月美眉慘了耶。」

古城想起他們的級任導師兼警察廳的攻魔官南宮那月，稍稍板起了臉孔。絃神市國的財政破口，感覺突然成了近在身邊的問題。

「更大的問題在於，以紘神島的情況而言，糧食調度幾乎全靠進口。」

淺蔥壓低聲音嘀咕。

紘神島身為人工島，沒有能用於農作的土地。能自給自足的只有魚介類、雞蛋和些許蔬果而已。其餘食物只能靠進口籌措。

「負責供應紘神島食物的也是人工島管理公社，所以公社一旦沒錢，連食物進口也會成為問題。最糟的情況下，全體島民都有可能餓死。」

「餓、餓死人就慘啦……」

古城從喉嚨發出了吞嚥聲。

「我想還不至於餓死人，但是或許會為了爭奪少許食物而發生暴動。然後呢，該去阻止的特區警備隊又因為預算不足而無法出動。」

矢瀨聳聳肩，然後慵懶地笑了。

請問——雪菜客氣地舉起手發問。

「島上沒有儲糧嗎？」

「呃，原本姑且是有儲備啦。」

矢瀨帶著苦瓜臉回答。淺蔥斜眼仰望古城他們說：

「就不知道是哪來的真祖失手用眷獸全燒掉了……」

「這、這樣啊……」

雪菜語塞而轉開目光。人工島東區的糧倉，是深淵之陷操控了古城的眷獸燒掉的。沒能阻止的雪菜並非毫無關係。

「我知道絃神島的處境不妙了，但是那跟這一大堆的饅頭有什麼關係？」

表情尷尬的古城近乎硬拗地改變了話題。

矢瀨自嘲似的笑著搖頭。

「現況是要撐過這場危機，人工島管理公社會需要一大筆現金。」

「哎，是那樣沒錯。」

「省事的辦法是發行國債，不過絃神市國畢竟是塊剛獨立的自治領，作為國家毫無信用可言。即使發行也找不到買主吧。」

「簡單來說，賣國債等於跟人借錢嘛。說穿了就是我們找不到人借錢嗎……」

古城表情嚴肅地思索。隨後，他彷彿靈光一現地猛然抬起臉。

「拉・芙莉亞呢？找她的國家拜託就借得到錢吧？」

「她確實有可能答應交涉。」

淺蔥冷靜地表示同意。對於才剛獨立不久的絃神市國來說，拉・芙莉亞公主的母國阿爾

迪基亞王國是為數不多的友邦之一。

「對吧？既然如此——」

「只是呢……」淺蔥打斷興高采烈的古城，然後繼續說道：

「你曉得嗎？借錢需要有擔保的喔？」

「妳是指為了預防錢要不回來，債主會要求抵押品吧。」

「如果變成那樣，那位公主肯定會叫紘神市國把你本人交出去。」

「……把我交出去？」

古城訝異地眨起眼睛。淺蔥短短地嘆道：

「那還用說。紘神島才沒有比世界最強吸血鬼『第四真祖』更具價值的財產。假如你有意願被那位公主當成所有物收購，我們倒是可以試著交涉喔？」

「不，不必了。抱歉。拜託你們千萬別那樣就好……！」

古城臉色蒼白地低下頭。拉．芙莉亞以出色的容貌與機智而聞名，然而，古城其實很怕她。壞心又精於算計的她，為達目的可以不擇手段，自己有朝一日要是被她買下，誰曉得會被如何刁難，古城光想就覺得恐怖。

矢瀨望著由衷生畏的古城苦笑，把手伸向了擱在腳邊的紙箱。

「哎，所以為了迅速賺取現金，還是只能靠貿易了。於是我們做起了紘神島名產的網購服務……」

「你說的紘神島名產，該不會就是這些饅頭……？」

雪菜接下矢瀨遞來的盒裝饅頭並問道。

對呀——淺蔥莫名自豪地挺胸說：

「這是紘神牌的魔族饅頭。再怎麼說，紘神島可是遠東唯一一座人類與魔族能和平共存的魔族特區。」

「不是吧，就算那樣也不代表大家會用網購買饅頭啊……」

古城冷冷地指正。矢瀨垂下肩膀，無力地笑了笑。

「沒錯……哎，結果就是這些滯銷貨堆得像山一樣……」

「唔……為什麼嘛！明明用了紘神島近海礦物質豐富的海洋深層水，還有日曬的天然海鹽才做出這麼講究的美味饅頭耶……！」

淺蔥不服氣地叫道。古城則茫然地望著淺蔥說：

「居然是由妳製作的嗎！增加虧損要幹嘛！」

「其實不只饅頭，還有煎餅與餅乾啦。另外還製作了紘神島的官方吉祥物玩偶以及布娃娃。」

矢瀨把商品樣本排到桌上。古城不禁板起臉孔。

「你說設計了官方吉祥物角色……欸，這不是淺蔥她那邊的摩怪嗎？誰會想要這種醜兮兮的玩偶？」

「為什麼嘛！摩怪很可愛的吧！」

「我有點想要耶。」

淺蔥與雪菜各自抱著摩怪玩偶提出反駁。然而商品實際上是滯銷的，可見她們倆的感性明顯與一般人不同。

「哎，也是有獲利的商品啦，所以倒不算樣樣都賠錢。」

矢瀨打圓場似的辯解。哦──古城感興趣地挺了身。在今天接觸的資訊中，這是他第一次知道有好消息。

「是喔？什麼樣的東西銷出去了？」

「主要是淺蔥粉絲會的演場會周邊精品。比如主推長毛巾、螢光棒和T恤之類。」

「咦！原來妳有粉絲會嗎！」

古城訝異地看向淺蔥。淺蔥不滿似的瞥了嘴。

「先說清楚，才不是我自己成立的！是『戰車手』和摩怪背著我擅自弄的……！」

「啊……」

原來如此──古城理解狀況了。有段時期曾出現用精緻3D模組製作出的冒牌淺蔥，在絃神島以地方偶像的名義活動。

「理應刪除掉的影片與MV最近也復活了，還在海外造成話題耶。接著只要淺蔥肯舉辦全國巡迴表演的話，感覺倒滿有賺頭的……」

「我絕對不要！為什麼我非得學冒牌貨從事偶像活動啊！」

淺蔥對矢瀨不負責任的發言尖聲反駁。單論這一點是淺蔥的主張有道理。矢瀨也就沒有繼續勉強她，而是望著電腦顯示的資料說：

「另外就是放到拍賣網站上的姬柊私房照，創造出的銷售額還滿驚人的喔。」

「什麼？我、我的私房照……？欸，這不是偷拍的照片嗎！」

雪菜注意到電腦顯示出的私房照圖檔，因而變了臉。

島上屢屢有人目擊到「揮舞銀色長槍的神祕美少女」，成了絃神島的都市傳說，據說於部分族群間相當有名。既然在絃神島的官方商店能買到雪菜的私房照，也難怪會受歡迎了。

而且當中好像還附了幾種低機率出現的雪菜日常照，一直有客人為了抽中那些照片而整箱訂購，這似乎也是創造出營收佳績的祕密。

「未、未經我允許就販賣這種東西，再怎麼說——」

「很遺憾，國家攻魔官在執行公務時的肖像權是不被承認的。」

「啊唔……這、這個嘛……」

淺蔥意料外的反駁讓雪菜大受動搖。

雪菜身為獅子王機關的劍巫，為了執行監視第四真祖的任務而待在絃神島上。換句話說，此時此刻的她依然滿足「執行公務時的國家攻魔官」這項條件。

「還有，我們也聯繫過獅子王機關……那位是叫緣堂小姐吧，所以這有跟妳的上司徵得許可喔。條件是要將四成利益交出去。」

「師尊大人——！」

雪菜沒想到會被自己人出賣，忍不住喊了出來。

矢瀨似乎也難免對雪菜感到同情，就露出了略顯尷尬的臉色並嘆氣。

「所以嘍，可以的話我們還想賣姬柊的寫真集。哪一天方便攝影？」

「連這種季節都能拍泳裝照，這也可以宣揚絃神島位處南國的好。」

淺蔥自顧自地連連點頭稱是。雪菜則是怨怨地斜眼瞪向他們倆說：

「說得是呢……才怪，這不可能說服我的！我才不拍寫真集！」

「拜託妳通融啦！就當成是為了拯救絃神島！」

矢瀨深深地低下頭，態度急切得幾乎要跪下來了。

雪菜看似無路可退地嘀咕：「啊唔……」她的個性就是難以拒絕懇求。

「既然她排斥，你們就別逼她了。像姬柊這樣，才沒有人會想看她的寫真集吧。」

古城護著雪菜並且勸阻矢瀨。雪菜的臉孔固然漂亮出眾，但她本身是毫無名氣的一般人。被迫賣寫真集的話，古城認為那未免太可憐了。

「像我這樣……才沒有人會買我的寫真集，是嗎……這樣啊……」

然而，雪菜卻鬧脾氣似的朝古城瞪來。

嗚嗚——矢瀨束手無策地抱著頭說：

「就算你那麼說，這筆莫大的借款要怎麼還嘛！再拖下去真的會財政破產喔！而且有望融資的金主談過以後統統拒絕我們了，混帳……這附近的海底就不能乾脆冒出石油或金塊嗎……」

「哎，我懂你的心情，可是從海裡冒出金塊也太離譜——」

古城一臉煩厭地正準備斷言，就在這個瞬間。

絃神島的大地被沉沉地撼動了。

巨大爆炸聲響起，海岸一帶湧出火焰與黑煙。

從黑煙當中出現的，是一道散發金色光芒的巨大人影。全高大概達三十公尺。既無眼睛也無耳朵，被光滑金屬覆蓋的肉體。那頭怪物只張開骸骨般的下顎，並發出狂笑。

『咯……咯咯……咯咯咯咯！吾完美無缺地回來了！你們這些不完美的存在聽著！這次吾一定要你們成為供品！』

怪物以笑聲撼動大氣，用悍然的眼神凝視古城等人。

那頭怪物名叫「賢者（Wiseman）」，是靠鍊金術創造出來的自我增生型液態金屬生命體。不定型且永久不滅。能夠吞噬萬物持續增生，無從管控的危險存在。然而，那對目前的古城等人來說並不重要。

為了創造它，鍊金術師用了數量龐大的純金與貴金屬。

換句話說，賢者的肉體本身就是一團巨大金塊。

「「「有了耶耶耶耶耶耶——！」」」

古城等人隨著歡呼聲從社辦奪門而出，衝往登陸的賢者身邊。

✝

『咯咯咯咯咯咯！完美！完美！完美！咯……？』

巨大的人型怪物從口中發出金色閃光。重金屬粒子的炮擊理應會將一切燒光，卻在對都市造成損害前就被金剛石結晶擋下了。由古城召喚出的眷獸承受了粒子炮的威力，還直接朝賢者還擊。

「唷，我們又見面啦，賢者——雖然不知道你怎麼復活的，但是真高興看見你主動送上門來！」

古城乘著由矢瀨催生的勁風，在沿岸的倉庫屋頂落地，與賢者當面對峙。雪菜與淺蔥也隨即趕到。

賢者一心復仇，就用了沒有眼睛的臉睥睨古城。

『咯……咯咯咯……無法理解。不完美的存在提出不完美的理論，吾無法理解。過去吾會落敗，是因為處在剛復活的不完美狀態。如今吾已完美，不完美的你們沒理由敵得過！』

「啊……是喔。」

古城隨口應聲，然後召喚了新的眷獸。當初與賢者交手之際，他仍未掌控的眷獸。虹色火焰環身的女武神持光劍一閃而過，將賢者的左臂砍落。

『咯？吾的手臂……！吾完美的手臂，怎麼會！』

「抱歉，你賴在海底睡懶覺的這段期間，我這邊也經歷了許多事。那足以讓我辦到像這樣的技倆！」

『咯……咯……豈有此理……豈有此理……你們這些不完美的存在竟能凌駕完美的吾，不可能……豈有此理……』

賢者明顯心生動搖。深紅色光牆便堵住黃金怪物的退路。那是由淺蔥操控的聖殲屏障。

「你曉得吧，古城。不可以讓它溜掉喔。這傢伙的身體，我們要盡可能毫髮無傷地拿到手。」

「是啊。你從海水裡抽取的金與貴金屬元素……每一公克都要給我留下來。」

隨欲望亮起眼睛的淺蔥開口喚道，古城也露出獰猛的笑容回應。

雪菜在背後展開光之翼，還帶著同情似的眼神朝賢者舉起了銀色長槍——

「對不起……因為我也不想穿泳裝拍寫真集……！」

『咯咯……無法……無法理解……完美的吾怎會落得這種下場……咯啊啊啊啊啊啊啊啊！』

那一天，原本為嚴重虧損所苦的紘神市國，突然對外發表國庫擁有數量龐大的純金資產，免去了財政破產的危機。

至於古代鍊金術師創造的極致生命體「賢者」，便無人知道下落了——

第十話
臨時抱佛腳之惡夢難逃

「學長為什麼會把問題擱置到這種地步呢……！」

姬柊雪菜用怪罪似的眼神朝曉古城望來。

古城從她面前將目光別開，無力地擠出了聲音。

「應該不至於這樣的。我一邊欺騙自己說不要緊，還來得及，結果狀況不知不覺變得無法挽回了……！」

尷尬的沉默從兩人之間流過。秒針計時的聲音感覺格外大聲。

曉凪沙面帶苦笑地嘆氣，打破了如此凝重的氣氛。

「呃，對不起喔，雪菜。每次都讓妳陪古城哥念書準備考試。」

「…………」

古城默默垂下目光。在客廳桌上攤開的，是高中生用的教科書與參考書；還有寫著考試出題範圍的講義。

高中部的期末考從明天開始。話雖如此，現在已經過晚上九點鐘，剩下的時間不到十二小時。學年最後一次期末考。對出席天數慢性不足的古城來說，這是左右自己能否升至下一個年級的重要行事。

儘管如此，考前準備並不算充分。何止如此，該念的書幾乎可以說連一點也沒碰。結果古城就像這樣，落得了向雪菜哭求的下場。

雪菜比古城低一個學年，然而具備國家攻魔師資格的她，據說早有高中畢業程度的學力。至少比目前的古城還會念書是無庸置疑的。

「不會的，沒有關係。沒發現學長偷懶不用功準備考試，是我監督不周……！」

彷彿下定決心的雪菜正色嘀咕。她的任務是監視世界最強的吸血鬼第四真祖，不過矯正古城的生活態度似乎也包含在內。

「那碼歸那碼，為什麼要來姬柊家念書啊？」

古城帶著尷尬的表情問道。向雪菜討教無妨，但不明白自己被特地叫來她房間的理由。

「誰教學長在自己家裡動不動就會分心。一下拿手機看影片，一下聽深夜收音機，還會在大半夜動手打掃房間……」

「我認為先把書桌周圍整理乾淨，念書會更有效率嘛……！話說我昨天做的事情，妳怎麼全都知道！」

恐怖耶！古城不由得打起哆嗦。就算雪菜的任務是監視古城，連他在家裡做什麼都一一掌握的話，感覺實在太過頭。

「從那方面來說，雪菜的房間就整理得很乾淨，所以能讓人放心呢。」

凪沙和氣地微笑說道。

「與其說整理得很乾淨，這個房間根本沒什麼東西能弄亂就是了。」

古城朝客廳看了一圈，然後感慨地嘀咕。

雪菜搬來曉家隔壁是在大約半年前。然而，東西稀少的房間裡依舊空蕩。除了基本所需的家具之外，幾乎什麼都沒擺。

「跟一開始相比，我的東西還是增加了不少喔。」

雪菜似乎對空蕩的房間有自覺，含蓄地提出反駁。

「是那樣嗎……？」

「是的。比如貓又又靠枕、貓又又玩偶、貓又又毯子、貓又又掛軸之類。」

「增加的都是貓又又精品嘛！」

古城忍不住用了較重的語氣吐槽。雪菜是貓又又這款謎樣吉祥物的愛好者。

「錯了錯了。家具及家電也有增加喔。像是洗衣機或吸塵器。」

雪菜連忙指了房間角落。有形狀扁平的電器製品擺在那裡。

「啊，這是掃地機器人耶。」

凪沙眼尖地做出反應。雪菜略顯得意地點頭說：

「是的。不用複雜的設定也可以聲控。」

「咦，好厲害。我想看耶。讓它動讓它動。」

「『妳好，紗矢華小姐，去打掃。』」

雪菜先咳了一聲清嗓，然後改換語氣做出命令。掃地機器人便隨著「開始打掃」的合成語音啟動。

「哇，動了！」

「這東西的名字叫紗矢華？這樣好嗎……？」

凪沙看機器人動起來便天真無邪地跟著開心，古城則露出複雜臉色。因為他想起了雪菜在獅子王機關受訓時的室友煌坂紗矢華。

「它會跟在主人後面，也有對話的功能喔。」

雪菜意外有興致地說明機器人的功能。

「真假？倒不如說，有必要跟機器人對話嗎？」

古城對機器人投以懷疑的眼神。

那陣視線似乎讓打掃機器人起了反應，它轉過來面對古城說：

『我、我可不是為了你才打掃的喔！』

「……原來如此，這確實是紗矢華。」

機器人唐突的發言讓古城板起臉說道。雪菜略顯困擾地垂著眉毛說：

「我、我取名的時候倒沒有那麼想……」

「——等等，現在不是叫機器人打掃的時候耶！」

凪沙突然回了神叫道。

「差點忘了。現在要陪學長準備考試才行。」

雪菜急忙命令機器人停下。新型的電器製品讓古城等人不小心分神，但他們來姬柊家的目的是準備考試。

「先聲明，剛才不是我的錯。」

「我知道啦。哇，已經這麼晚了……我留在這裡被說礙事，所以先回家嘍，雪菜，麻煩妳顧著古城哥。」

「嗯，包在我身上。」

雪菜對凪沙說的話用力點頭。凪沙狀似依依不捨地回頭，要她快回家的古城就開口趕人。讓學妹教自己讀書已經夠屈辱，還被親妹妹現場觀摩的話實在無法忍受。為了專心用功，要是凪沙留下來就困擾了。

「所以說，來吧，學長，要開始讀書嘍。」

雪菜收斂表情，並且移動到古城身旁。距離之近讓古城疑惑了。

「姬柊，妳為什麼要坐到旁邊？」

「……咦？我坐在對面的話，就不方便看教科書了啊？」

雪菜維持將肩膀湊在一起的姿勢，並且用納悶的臉色朝古城仰望。

她指出的這一點確實有道理。問題在於這裡是雪菜自己家，古城還跟她孤男寡女獨處。理所當然地，雪菜目前一身家居服。只有穿T恤搭配短褲，毫無防備的狀態。隨意束起的頭髮讓細細頸子露了出來，還有股香香的味道。

得專心用功才行——古城拿起自動筆面對筆記簿。

指尖按壓獲得的手感卻莫名空虛。

「咦，哎呀？自動筆心用完了。姬柊，可以跟妳借鉛筆嗎？」

「啊，好的。我馬上替學長削。」

雪菜匆匆起身，並且拿了新的鉛筆與短刀回來。那是刃長近二十公分且塗成黑色的軍用短刀。

「喂，那把野戰刀是做什麼的？」

「對不起，我家沒有專用的削鉛筆機。」

雪菜回望心慌的古城，愣愣地偏過頭。

「我曉得，可是那把刀會讓畫面變得很嚇人吧。沒有普通一點的美工刀之類嗎？」

「沒有，因為我比較習慣用這個……不過，學長說得也對，或許磨利一點比較好。畢竟

目前的打磨方式是重視耐用甚於鋒利度。」

「從那做起？削個鉛筆要從磨刀開始著手？」

「不要緊。立刻就好了。在那之前，請學長先用我的自動筆心。」

「原來有備用的筆心？我用那個就好了啊！何必特地磨刀！」

「是那樣嗎？」

雪菜狀似有些遺憾地一邊嘀咕，一邊收拾短刀與鉛筆。

古城無奈地一邊嘆氣，一邊補充自動筆心。這時候，他的目光落到了房間角落堆的一疊書上，是少年讀者取向的漫畫單行本。

「姬柊，妳也會看漫畫啊？」

古城感到有些意外地問。雪菜略顯害羞地拿了一本說：

「班上的朋友推薦，就借給我看了。」

「這是滿有名的作品嘛。有趣嗎？」

「是啊。一開始我不習慣畫風，開始讀以後就被吸引住了，還一口氣追到了最後。動畫版也相當棒。」

雪菜亮著眼睛談起漫畫的感想。古城從她手裡接過漫畫，並且迅速翻了翻。看得出特色的畫風及演出都很搶眼，作品很有魄力。

「記得這部作品最後的大反派是個吸血鬼，對吧……」

「是的。或許也因為這樣，我才會對主角有共鳴。」

「什麼意思啦……」

古城一邊板起臉咕噥，一邊試著翻閱漫畫。可稱為極致惡徒的大反派獲得了吸血鬼之力，主角則以血肉之軀迎戰。劇情發展很令人熱血沸騰。鬥智情節還有登場角色們的人性刻劃更是富有魅力。震撼的情節讓古城感到吃驚，雪菜有些樂在其中地守候著。一回神，古城已經讀完第一部與第二部，正準備拿起以傑作著稱的第三部。雪菜似乎到這個時候，才終於想起來並抬起臉說：

「學、學長！現在不是看漫畫的時候！」

「唔喔，差點忘記！要準備考試……我得用功才行！這麼晚了啊？」

看見時鐘的古城臉色僵掉了。時間是凌晨十二點多。已經是考試當天。

「這樣的話，學長就放棄應用題吧。把基本的公式與單字記熟，然後參考考古題，重點式地把考試容易出現的題目做一做——」

「我、我了解了。那樣比較實際。」

古城點點頭，把準備好的教科書及參考書在桌上攤開來。他跟雪菜兩個人分工合作，各自從考試容易出現的項目來猜題。照這種步調，今天似乎要漏夜惡補。

「抱歉，姬柊。讓妳陪我做這些。明明妳也有自己的書要讀。」

「請學長不用介意。我在高神之杜時過得更刻苦。」

「妳是說獅子王機關的培育設施吧。那是什麼樣的學校？」

古城突然產生了興趣，不經意地展開話題。

「那是完全住宿制的女校。即使從小學部到高中部都算進去，學生人數總共還不到一千人的小規模學校。」

「一千人？那些人全都跟妳或煌坂一樣，屬於靈能力者？」

「是的。不過能成為劍巫或舞威媛的學生只有一小部分，因此也有很多女生跟不上戰鬥訓練而退學。當中甚至會有人受傷送命——」

「這樣啊……」

從雪菜口中提到的壯烈事實，讓古城聽得表情凝重。

「啊，不是的，對不起。像那樣的意外其實鮮少發生。即使當不上攻魔師，還是有很多人在畢業後成為分析官或魔導技師。」

雪菜有些慌張地搖頭，然後硬是擠出了笑容。

「對了，我也有照片喔。之前唯里同學寄來的。」

「這樣啊。能不能讓我看一下？」

「好的。」

請學長稍等一下——雪菜交代完就去了隔壁房間。間隔一會兒，回來的她捧了一個大紙箱。箱子裡塞的似乎是雪菜在高神之杜女學院就讀時的私人物品。當中還有陌生的制服。

「呃……在這裡。這是小學部的份，然後這邊是升上國中部以後的照片。」

我瞧瞧——古城隨手翻開雪菜遞來的相簿。由於成長的環境如此，雪菜擁有的照片也就沒那麼多。即使如此，當中有幾張照片仍拍到了古城認識的臉孔。

「哦，這不是喵咪老師嗎？不愧是長生種(Elf)，跟現在完全一樣。」

「是的。這是師尊大人帶我修練時拍的。」

雪菜和氣地一邊微笑一邊說明。古城毫無顧慮地翻頁，並且驚訝得瞠目。

「這是煌坂嗎？唔喔，真的好幼齒！她從小時候就是美女耶。」

「是啊。紗矢華真的從以前就很漂亮……旁邊也有拍到我。」

「這邊的是志緒同學嗎？原來那個人以前留長髮。雖然形象不同，滿適合她耶。」

「沒錯。還有，我也把頭髮留長過……」

雪菜帶著稍微鬧脾氣的表情嘀咕。哦——古城淡然點頭說：

「欸，唯里同學穿泳裝耶。這是我可以看的嗎？」

「……有什麼不可以呢。學長愛怎麼看就怎麼看吧。下流。」

雪菜終於抹去了表情，還用毫無溫度的嗓音咕噥。她忽然變得不高興，古城有點錯愕。

「這麼說來，唯里同學她們平時穿的衣服，原來就是高神之杜的制服。」

「是的。我姑且還帶在身邊，不嫌棄的話，要我穿給學長看嗎？」

「也好啊，我是有點想看。」

「咦？真的嗎？」

雪菜訝異似的睜大眼睛。古城感覺到她的心情有好轉的跡象，決定抓緊機會多說幾句中聽的話。

「肯定很適合妳吧。我想看耶～」

「唉、唉唷，學長真是個讓人沒轍的吸血鬼。我只穿一下下喔。」

雪菜從紙箱底部拿出制服，然後為了換衣服而走進隔壁房間。目送她的古城偷偷地嘆了氣。

相簿裡收藏了雪菜以前的照片。古城之所以不拿那些當話題，是因為他無法判斷那是否能隨便談及。雪菜小時候是個驚為天人的美少女。同時，還有一副凶猛而冰冷的眼神。成為孤兒的她在被高神之杜收養之前，有過什麼樣的遭遇——古城不知道能否問她那些。

「好慢喔……姬柊？妳還沒換完衣服嗎？」

古城確認時鐘。雪菜去隔壁房間以後，隔了十分鐘都沒有回來。從房間聽不見任何一絲聲音，即使搭話也沒有回應。

「喂～我要進去了喔。」

會不會是衣服換到一半發生了什麼狀況？古城不安地將門稍微打開看了看。然而，門後卻是一片黑暗。只看得見寬敞虛無的空間。

「姬柊的房間裡，怎麼會有這樣的地方——」

古城踏進黑暗當中，喉嚨突然被人用刀抵住了。眼熟的黑色軍用短刀。

「姬……柊……？」

「你是誰？為什麼會知道我的名字？」

雪菜穿著高神之杜女學院的制服，還用刀指著古城問道。

那個雪菜比古城認識的她年幼許多，眼神凶悍而冰冷。

「我是妳的監視對象啦。」

古城語氣平靜地說道。這裡恐怕並非現實。古城的直覺如此告訴他。這是雪菜的潛意識或過去的記憶。再不然就是夢。雖然不清楚玄虛，但應該就是那麼回事。舊制服或許成了觸媒，以魔法形式將雪菜的過去和古城的意識連接起來了。

「監視對象？」

年幼的雪菜眼裡因為疑惑而閃爍。古城微笑著點了頭。

「對啊。成為劍巫的妳，為了監視我而來到絃神島。」

「絃神島……魔族特區……」

雪菜在握著短刀的手裡使勁。

「我只要在那裡殺掉你就行了嗎？」

「呃，一開始妳也許是那麼打算的吧，不過妳救了我喔。不只是我而已，妳還救了許多人。」

「你騙人。我根本救不了什麼人。」

年幼的雪菜用平板的語氣說道。因絕望與死心而封閉自我的聲音。

「跟我牽扯上的人全都會死。無論是父親、母親還有劍巫大人——」

「啊，那妳不用擔心。絕大多數的狀況都要不了我的命。」

「咦……？」

「懷疑的話，妳現在也可以試試看。假如殺得了我的話啦。不過，麻煩妳盡可能用不會痛的方式。」

「你……到底是……」

古城的答覆出乎意料，讓雪菜露出了困惑的臉色。與年齡相符的稚氣表情。古城輕輕把她的頭抱到懷裡，並且摸了摸。

「不要緊。我認識的姬柊既溫柔又堅強，已經保護得了自己重視的人們。煌坂還有唯里同學、志緒同學她們也是這麼想的。妳的師尊大人八成也一樣。」

「真的……嗎？」

雪菜緩緩地把刀放下。她眼裡有淚水盈現。原本結凍的水面有了消融的跡象。希望自己這些話能傳達給過去的雪菜就好──古城祈禱似的如此思索。

「雖然跟平常不一樣的衣服感覺很新鮮也不錯，但姬柊，妳果然還是穿平時的制服比較合適。」

「你、你在說什麼……」

被古城凝望，雪菜臉紅而心生動搖。那是古城熟知的，雪菜現在會有的表情──

「古城哥，醒醒！古城哥！還有雪菜！」

「唔嗯……凪沙，是妳啊？」

古城被粗魯地抓著肩膀搖晃，緩緩地睜開眼睛了。

在旁邊，有雪菜跟他依偎睡著的臉龐。看來他們倆都在不知不覺間睡著了。從窗口有早晨明亮的光芒照進來。

「當然是我啦，不然是誰！你們兩個以為現在幾點啊？考試準備得怎麼樣了？」

換好制服準備上學的凪沙手扠著腰，並且低頭朝古城他們看來。

雪菜帶著仍有些睡迷糊的臉眨了眨眼，然後警覺地因為凪沙說的話而倒抽一口氣。

「要……要準備考試！」

「不會吧……我們怎麼……！」

「剛才那是……夢？但是，學長在夢裡出現，還對以前的我說不要緊……」

大感心慌的雪菜與古城看向彼此的臉。他們不知道是何時睡著的，也分不清楚夢境從哪裡開始的。可以確定的唯有一件事情，那就是古城的考前準備連半點進度都沒有。

「倒不如說，雪菜妳穿的是什麼衣服？古城哥你真是的，讓雪菜穿上別校的制服，孤男寡女的究竟把書讀去哪裡了？」

凪沙冷冷望向穿著高神之杜制服的雪菜，並且和氣地微笑。

古城與雪菜臉色蒼白。無力地搖著頭。

「不、不是的，凪沙……這是因為學長叫我穿……總之，不是妳想的那樣！照理說不應該這樣的……！」

古城一邊聽著雪菜拚命找藉口的聲音，一邊露出遙望的眼神嘆氣。

早晨晴朗的天空萬里無雲。絃神島今天似乎也會很熱。

附錄極短篇3

盛夏的劍巫與白色液體

大概是因為正值酷暑，絃神島的人工島海岸湧入了大批的海水浴遊客。

古城待在沙灘豎起的陽傘底下，正一邊顧著夥伴們的行李，一邊露出陰鬱臉色。

從岸邊回來的雪菜發現古城抱腿坐著，納悶地朝他喚道。

「學長？你不去游泳嗎？」

「什麼嘛，原來是姬柊啊……」

「怎、怎麼了嗎？我有什麼地方讓學長一看就露骨地感到失望嗎……！」

「呃，沒有，妳無所謂啦。」

「啥？我無所謂……？」

「重要的是海水浴本身讓我心情憂鬱。天氣熱，人潮又擁擠，而且每個人好像都穿泳裝。」

「……在海水浴場穿泳裝很正常吧？」

「所以對吸血鬼來說，那樣就頭痛了啊！要是我不小心撞上穿火辣泳裝的大姊姊，吸血衝動湧上的話要怎麼辦！」

「……原來如此。看見女性穿泳裝的模樣，若是興奮就頭痛了——等等，按照學長的那套理論，還說我的存在無所謂就太奇怪了吧！」

「嗯，姬柊妳沒什麼影響。啊，妳那套泳裝，我認為滿適合的喔。」

「唔……沒關係。學長，反正我只是你的監視者！」

古城露骨地表示不在乎的態度，雪菜氣得太陽穴頻頻抽搐。

「話說，帶吸血鬼來做海水浴本來就莫名其妙啊？太針對我的弱點了吧！吸血鬼不會游泳啦！」

「企劃海水浴活動的是凪沙，而且吸血鬼在水裡浮不起來的說法純屬迷信。學長你不會游泳，我想恐怕是你個人的問題。」

「唔……要說的話，姬柊妳會游泳嗎？」

「是的。獅子王機關的劍巫沒有弱點。我當然也受過在水中戰鬥的訓練。」

「呃……水中戰鬥的訓練是怎樣……」

古城傻眼地對莫名自豪的雪菜嘆了氣。雪菜則賊賊地露出使壞的微笑說：

「難得來到海邊，學長也來練習游泳吧。我願意奉陪喔。」

「不，免啦。今天直射的陽光太強，我的皮膚已經在刺痛了。」

「身為吸血鬼真祖，應該對陽光也有抗性……學長，你沒有塗防曬乳嗎？塗了就舒服多嘍？」

「我又沒有打算游泳，怎麼可能帶那種東西來。」

「既然如此，我的借學長用吧。原本我回來這裡就是想重塗防曬乳。」

「那就跟妳借吧。雖然我不打算游泳。」

古城不甘不願地把雪菜拿出的瓶裝防曬乳接到了手裡。然而在他打開瓶蓋的瞬間，裡頭的液體就滿出來了。

「唔哇！」

「對不起，那個容器不小心開的話，動不動就會這樣……」

「這些我實在用不完耶。」

古城望著沾滿手上的白色液體，狀似手足無措地嘀咕。

「對了，姬柊，麻煩妳向後轉。」

「……？像這樣嗎？」

雪菜乖乖地聽話，古城就把多的防曬乳抹到了她的背上。

既然她原本就會用到，古城認為這樣做並沒有問題。然而——

「呀啊！」

「……總覺得，妳叫的聲音還真可愛。」

「還不是因為學長突然亂摸！」

「姬柊，難道妳的背特別敏感？劍巫不是沒有弱點的嗎？」

「不、不然學長你自己又怎麼樣！」

雪菜繞到古城的背後上下其手。

「抱歉，這點小事我沒感——唔喔！摸、摸側腹算犯規吧！」

「呵呵……學長貴為第四真祖，還真是破綻百出。」

「破綻百出的是妳！」

「呀啊啊啊啊！」

「——欸，矢瀨，看他們那樣，你有什麼想法？」

曉凪沙正從遠處冷冷望著哥哥與朋友打情罵俏的模樣。

「感情融洽不是很好嗎？」

矢瀨捧著泳圈生厭地回答。

「哎，這表示絃神島今天也很和平。」

第十一話
某次生日

「唔嗯……」

紗矢華一邊拄著出鞘的長劍，一邊蜷身嘔吐。她剪掉了原本當成註冊商標的長髮，如今留著較穩重的鮑伯短髮。

拉．芙莉亞手裡拿了軍用的攜行口糧，還望著那樣的紗矢華微微地偏頭。

「克難糧食不合妳的胃口嗎，紗矢華？」

「呃，不是……先別提是否合胃口，真虧妳在這種狀況還吃得下飯耶？」

紗矢華擦著嘴角站起身，然後環顧四周露出了苦瓜臉。

地點是阿爾迪基亞境內發現的古代遺跡內部。

在日本與阿爾迪基亞展開國際合作調查的途中，遺跡設下的結界啟動，紗矢華與前往視察的拉．芙莉亞一起被關進地下了。

結界內部覆有散發腐臭的黏膜狀生體組織，還詭異地不停蠕動著。結界本身簡直就像是巨大生物的消化器官。

紗矢華她們在如此詭異的地方已經受困超過半天了。

然而拉．芙莉亞在這種情況下，還是若無其事地啃著攜行口糧說：

「以召喚邪神的結界來說，這算滿常見的類型，看習慣就會覺得可愛嘍。」

「成天被關在邪神崇拜者的結界還見怪不怪，我認為以公主來說倒是大問題……」

「我想到了，紗矢華，假如妳在意這種結界的外觀，當成妳喜歡吃的內臟燒烤食材不就行了？比如那邊看起來像牛的第一胃跟第二胃。」

「請公主別說了！這樣會讓我以後都不敢吃烤肉耶！話說妳怎麼會對內臟燒烤那麼熟悉啊！」

「精通世界各地的飲食文化，是王族要有的涵養。畢竟我身為為政者，無論參訪的土地端上什麼菜色，都必須美味地享用——」

「呃……聽起來讓人似懂非懂耶……」

紗矢華對公主的歪理偏過頭，然後深深地嘆了氣。拉·芙莉亞則望向紗矢華蒼白的臉孔，並且蹙眉。

「出了什麼事嗎，紗矢華？妳的臉色似乎從剛才就一直不太好。」

「啊，沒有，我只是有點沮喪。難得過生日，卻不幸遇到這樣的狀況……」

「哎呀……紗矢華，原來今天是妳的生日嗎？」

拉·芙莉亞狀似訝異地睜大眼睛。紗矢華面帶苦笑聳了聳肩。

「我現在也不是過生日就會開心的年紀了，那倒無所謂啦。只是雪菜都會來祝賀，我遺憾的是見不到她。」

「那真令人過意不去呢。都是因為我委託獅子王機關來鑑定遺跡——」

「哪的話……公主，這不是妳害的。決定派我來的是獅子王機關的高層，沒能防阻結界啟動則是我自己有疏失……」

「呵呵，既然如此，我們就趕快從這個結界逃脫，然後替妳過生日吧。而且呢，要盛大到讓阿爾迪基亞舉國慶祝——」

「不用那樣啦！有公主的心意就夠了！」

紗矢華連忙搖頭。銀髮公主則是一邊嘻嘻微笑，一邊窺探紗矢華的眼睛。

「……妳遺憾的只有見不到雪菜嗎？」

「咦？」

「比起雪菜，妳不是更希望見到他嗎？」

「哪、哪有……我根本一點也不想曉古城……！」

「哎呀，我可不記得自己有提到古城的名字。」

「什……欸，太詐了吧……公、公主，妳算計我！」

紗矢華瞪著裝蒜的拉・芙莉亞，無力地發出「唔咕咕」的嘟囔聲。

公主始終止不住笑容，還心血來潮地彈響手指頭。

「這麼說來，前陣子我聽到了妳跟古城一起去度假的傳聞。而且你們好像獨處了近兩個星期——」

「那才不叫度假！我們是遇難了！在調查天部死都的過程中被傳送到奇怪的空間！曉古城有好幾次差點沒命，而且花了好大工夫才回來！」

紗矢華面紅耳赤地訂正。拉．芙莉亞越顯愉快地瞇起眼，並且把臉湊向紗矢華。

「照我聽到的說法，當時古城好像還暫時失去了記憶……」

「公主怎麼連那種事都曉得……！」

紗矢華的臉頰抽搐。「第四真祖」曉古城的行動，是絃神市國——乃至於日本政府的重大機密。就算對方是同盟國的公主，情報像這樣外洩的狀況不能坐視不管。

另一方面，拉．芙莉亞卻不知為何興奮地在胸前雙手合十，扭動著身子。

「在無人知曉的異世界兩人獨處……呵呵，我有預感，那會讓人於一夜之間鑄下大錯呢……」

「什、什麼叫一夜間鑄下大錯……！我跟他怎麼可能會發生那種事！」

「我並不是在責怪妳喔？」

拉．芙莉亞望著莫名心慌的紗矢華，愣愣地眨了眼睛。

紗矢華尷尬地一邊讓目光亂飄，一邊硬是改變話題。

「不、不談那些，公主，我才想問妳是怎麼了？媒體報導有傳聞指出，妳將會放棄王位繼承權——」

「啊……那條情報是我放出去的。」

拉・芙莉亞爽快地回答，紗矢華不禁嗆到了。

「公主！妳是在做什麼啊！」

「我並沒有放棄繼承權喔。只是將妹妹們的繼承權往前挪而已。因為保有第一繼承權的話，將有礙於我跟古城的婚姻——」

「難道說……妳真的打算跟曉古城結婚……？」

紗矢華正色回望拉・芙莉亞。

至今以來，拉・芙莉亞向古城求婚過好幾次，然而那當中有多少認真的成分，卻是紗矢華始終說不準的。原因在於拉・芙莉亞不會讓人輕易摸透心思的隨興舉動。然而要為了結婚而放棄第一公主的地位，事情便截然不同。那表示她正是如此認真。

「我沒有撒過謊喔，紗矢華。」

拉・芙莉亞一如往常地用惡作劇似的口吻說道。

「如果妳說這是騙人的，我倒覺得輕鬆一些。」

紗矢華無力地嘆了氣，然後掩住嘴邊將反胃感忍下來。

拉・芙莉亞察覺到那一點，表情因狐疑而變得嚴峻。

「紗矢華……妳該不會……」

然而，公主沒能把話說到最後。因為槍彈突然射來，將她的身體轟得往旁邊飛了出去。

「——公主！」

紗矢華望著鮮血四濺地倒下的拉・芙莉亞，並且放聲大叫。

銀髮公主挨中大口徑的機槍彈，落得了失去大部分內臟的淒慘樣貌，躺在血泊中。覆有黏膜的遺跡壁面淋到鮮血，看似歡喜地哆嗦起來。

關住紗矢華她們的結界一陣搖晃，冒出了有人現身的動靜。

紗矢華回頭以後，便看見約有十個身披漆黑長袍的人結隊而來。那當中有幾個人是她認得的熟面孔。受僱於遺跡發掘調查隊的當地作業人員。

他們手裡拿的卻不是發掘用的鏟子或十字鎬，而是軍用步槍。而且他們的長袍繡著徽章，那是古代無名邪神的圖徽。

「邪神崇拜者……？你們從一開始就想對拉・芙莉亞公主下手——」

紗矢華舉起銀色長劍，並且瞪向穿長袍的男子們。

而紗矢華的表情之所以變得扭曲，是因為她察覺有巨大的身影出面保護那些男子。以無數重火器武裝的對魔族裝甲戰鬥車輛(AFV)。

「有腳戰車！連這種東西都開出來了——！」

紗矢華揮動長劍，打算靠模擬空間斷層展開防護壁。

可是，戰車的炮擊比她更快。紗矢華被無數機槍彈射穿，當場不支倒地。

遺跡的結界接觸到飛濺的鮮血，又像生物一樣抖動起來。然而結界產生的變化就只有這樣。遺跡再度沉默，長袍男子們對此感到困惑。

「為什麼……我們明明獻上了祭品，祭壇怎會毫無反應……！」

「拉．芙莉亞．立赫班在阿爾迪基亞王室，不是強大到號稱史上罕見的精靈使役者嗎……？而且擔任護衛的女子，據說也是日本獅子王機關的巫女……」

「——原來如此。你們幾位的目的，是要利用我獻祭啊。」

彷彿在嘲弄疑惑的男子們，結界裡響起了狀似愉悅的說話聲。

拉．芙莉亞理應已經挨中槍擊倒下，此刻卻拖著一襲搖曳的銀色長髮緩緩起身。毫髮無傷的白皙肌膚從衣服破口露了出來。

「豈有此理……就算妳能使役精靈，挨中那些槍彈也不可能活下來……！」

「對。假如我仍是普通的人類，下場應該會那樣。」

趁著那些男子尚未從動搖中振作，拉．芙莉亞拔出了愛用的手槍。施以華麗裝飾的黃金單發手槍。裝填在內的則是咒式彈。

總算回神的男子們再次朝她開炮。

然而在命中公主的前一刻，男子們發射的子彈全都被無形屏障彈開了。理應絕命的紗矢華若無其事地起身，用模擬空間斷層設下了防護壁。

「對不起，公主。讓妳的衣裳被血弄髒了。」

「無妨。多虧如此，啟動這道結界的施術者也自己現身了。」

拉．芙莉亞愉悅地揚起嘴角，然後扣下了咒式槍的扳機。眩目的閃光將視野染白，有腳戰車的巨軀隨著爆炸聲碎散。

「戰、戰車竟然——」

難以置信的景象接連出現，使得長袍男子們茫然地杵著不動。紗矢華就主動衝進了邪神崇拜者的密集地帶，一個接一個地將他們踹倒。

「我懂了……妳們是第四真祖的血之伴侶……！所以都成了假性吸血鬼——」

貌似帶頭者的男子被留在最後，便瞪著拉．芙莉亞她們驚呼。

「是啊，你說得沒錯。從『七年前』早就已是如此——」

拉．芙莉亞朝男子亮出左手無名指戴的戒指，優雅地笑逐顏開。

紗矢華以手刀劈在震驚瞠目的男子頸根，然後無奈地嘆氣。

隨後，困住紗矢華她們的結界出現了變化。覆蓋遺跡的黏膜狀組織急遽乾涸，逐漸化成

灰燼而崩解。

維持結界的施術者喪失意識，讓整座結界消滅了。

原本化為迷宮的遺跡變回單純的洞窟，有乾燥的風吹了進來。從上風處有些許光芒冒出。公主的護衛部隊破牆而入，來到洞窟內救援了。

不只阿爾迪基亞王宮的騎士團，還有魔導師部隊與醫療班，甚至連有腳戰車部隊都開進來組成了一支大軍。那群護衛部隊的隊員中，混了一個相當不搭調的存在。

東洋血統的年幼孩童。恐怕才三歲左右的小女孩。

「——媽媽！找到了！紗矢華阿姨在這裡！」

「零菜……？」

黑髮女童踏著不穩的腳步朝紗矢華趕來。

從背後守候她的人，有著紗矢華很熟悉的一張臉。

「妳平安無事啊，煌坂。幸好拉·芙莉亞看來也很健朗。」

理應在紘神島的曉古城露出鬆了口氣的表情，還朝著紗矢華她們揮手。

在他旁邊，理所當然地還有雪菜的身影。

便裝出行的古城穿著羽絨大衣，個子比學生時期高了些，也穩重了點，慵懶的氣質卻依然如故。身為吸血鬼的他，將在肉體臻至成熟的那一刻停止成長。再過不久他就會停止變老，並且永遠用同樣的姿態活下去吧。

雪菜身為他的血之伴侶也是一樣。

當然，紗矢華及拉．芙莉亞的肉體也發生了相同現象。紗矢華她們在結界內戰鬥所展現的異常再生能力，便是那種不死特性的副產物。

「曉古城……還有雪菜……你們怎麼會來阿爾迪基亞……？」

「是我事先找他們來的。紗矢華，畢竟妳難得過生日啊。」

拉．芙莉亞抱起了黏著自己的女童，然後一臉得意地揭露謎底。紗矢華目瞪口呆地看了公主。

「公主從一開始就曉得……？不過，我的生日是……」

紗矢華確認過機械錶顯示的日期，困惑似的垂下目光。日期在她們徘徊於遺跡這段期間已經改變，紗矢華的生日七月三日早就過了。

原本紗矢華對此看開了，可是一想到雪菜等人專程從絃神島趕來，內心會覺得過意不去也是事實。

「哎呀……剩下的時間還夠我們幫妳慶祝生日喔？」

拉．芙莉亞若有所指地帶著微笑告訴她。

這時，紗矢華驚覺地抬起了頭。她想起自己當下所在的地點。

「啊……時差……！」

阿爾迪基亞與日本的時差為七小時。即使紗矢華配合日本時間對時的手錶已經變了日期，當地時間仍是七月三日。

彷彿從一開始就算到那點的拉．芙莉亞讓紗矢華有些生畏，然而她如此關心自己，也讓紗矢華沒有預期地受了感動。對於特地應公主號召而來的古城與雪菜也一樣——

「紗矢華阿姨，妳在哭嗎……？」

被拉．芙莉亞抱著的女童發現紗矢華目泛淚光，便開口說破了。

「喂，零菜！妳要叫姊姊才對，不是阿姨吧！」

紗矢華一邊擦掉快要盈出的淚水，一邊用食指摸了女童的鼻尖。女童怕癢似的哇哇叫著扭身。

「紗矢華，妳那件衣服……」

雪菜看紗矢華的衣服遭受槍擊而燒焦，擔心似的蹙了眉。

「啊，不要緊。受傷的部位已經癒合了。」

紗矢華一邊摸著外露的側腹，一邊露出格外俏皮的表情。

雪菜則是看著紗矢華的下腹部，和氣地笑了笑。

「真是的……請妳要小心喔。紗矢華，畢竟妳的身體已經不是妳一個人的了。」

「嗯……不對啦！妳……妳在說什麼呢，雪菜……？」

紗矢華全身緊繃地用生硬的語氣反問。

雪菜將手機螢幕遞到了那樣的紗矢華面前說：

「斐川學姊擔心妳，就傳了照片通知我。她說在妳的宿舍房間裡找到了這樣的東西。」

「欸……為什麼我的母子手冊會曝光……！」

「哇，母子手冊。」

拉．芙莉亞隔著紗矢華的肩膀探頭看了螢幕，眼睛便炯然發亮。

彷彿青蛙被蛇盯上，僵掉的紗矢華冷汗流不停。站在她旁邊的古城臉色莫名蒼白，杵著動也不動。

雪菜仍露出優雅的笑容，用無法判讀情緒的沉靜嗓音說：

「懷孕三個月嗎……不知道對方是什麼樣的男性呢……」

「啊……唔……」

「這麼說來，有某個吸血鬼真祖在那段時期，似乎正好跟紗矢華獨處了一段時間，對不對？」

「不、不是的……雪菜……那算不可抗力……不是妳想的那樣……」

紗矢華聲音發抖地頻頻搖頭。隨後——

†

「不是那樣啦啊啊啊啊啊啊啊啊！」

紗矢華猛然睜開眼睛，並且使勁站起身。

「煌、煌坂？」

「煌坂同學……？」

帶著吃驚表情仰望紗矢華的人，是坐在她旁邊的獅子王機關同僚——斐川志緒和羽波唯里。她們倆穿著高神之杜女學院指定的校用運動服。

紗矢華她們所在的地方讓人聯想到寺社的正堂，是一座鋪著木質地板的寬廣大廳。獅子王機關的修練場。自己為什麼會待在與阿爾迪基亞王國距離遙遠的日本，紗矢華還來不及理解。

「那、那是夢……？」

紗矢華掬起自己綁成馬尾的長髮，茫然地發出嘀咕。

藉此她總算掌握到狀況。目前的紗矢華十七歲。雖然她知道「第四真祖」曉古城的存在，卻不記得自己成了他的血之伴侶，當然更沒有規劃要懷他的小孩。那不成體統的未來只是一場惡夢，讓紗矢華由衷鬆了口氣。

「居然會在訓練中熟睡到作夢，妳好大的膽子，紗矢華。」

朝著安心的紗矢華搭話的人，是個有著淡淡萌黃色頭髮的長生種——紗矢華的師父緣堂緣。

「師、師尊大人……！不是那樣的，剛才……奇怪，我怎麼會……」

紗矢華看見緣的臉，才想起自己正在做冥想訓練。而且身為師父的緣正在親自指導她們。在如此重要的訓練中，她竟然熟睡到作夢，這是無法辯解的嚴重失態。

「總之妳先到山腳折返跑讓自己清醒吧。」

「要、要跑到山腳啊……」

紗矢華想起這座修練場是在標高近一千公尺的山上，表情就僵掉了。但是，從她的立場當然不能抱怨。

紗矢華一邊垂下肩膀，一邊無精打采地從大廳離開。

「緣大人，請問……這種冥想，是用來鍛鍊預知能力的訓練對不對？」

等到紗矢華的身影看不見以後，留在現場的唯里才戰戰兢兢地舉了手。

「煌坂作的夢，該不會是……」

志緒也帶著險惡的臉色問道。

雖然不清楚紗矢華的夢裡到底有什麼內容，但是她們倆都聽見了她的夢話。曉古城、鑄下大錯、結婚、母子手冊——以預知的未來片段而言，盡是一些危言聳聽的字眼。

「唉，天曉得……不過，妳們暫時先瞞著她本人似乎比較好……」

長生種女子一邊將秀髮撥起，一邊發出嘆息。

唯里與志緒看向彼此的臉，然後露出了複雜的表情。

第十二話
with you

「抱歉，姬柊。接下來那月美眉要找我補習。麻煩妳先跟凪沙一起回去。」

放學後，雪菜和往常一樣等在校門前要一起放學回家，古城便淡然地這麼告訴她。

「補習……今天也要啊？」

雪菜的臉色變得黯淡。自從「異境(Nod)」的騷動獲得收拾以後，古城不知怎地每天都被留下來補課。多虧如此，這陣子雪菜跟古城分開行動的情況變多了。

「事情就是這樣，對不起嘍。姬柊學妹。」

淺蔥陪在古城旁邊，還用公事公辦的語氣道歉。或許是心理作用吧，從中似乎能感覺到她想趁古城還沒有多嘴，就先將話題打住的意圖。

於是，古城被淺蔥帶回自己的教室了。雪菜束手無策地目送，然後目光驀地停在了待在附近的矢瀨基樹身上。

「矢瀨學長。能不能向你請教一下？」

「咦？我、我嗎？」

矢瀨被雪菜的視線盯住，明顯就慌了起來。雪菜面無表情地逼問：

「這是怎麼回事？為什麼藍羽學姊會跟曉學長一起被南宮老師找去補習？」

至少在成績方面，淺蔥是學年第一的優等生。她沒理由跟古城一起接受補習。矢瀨被問到那一點，尷尬地變得目光閃爍。

「呃，別看古城那樣，他明年就是考生了，淺蔥大概是要陪他準備應考吧。」

「準備應考？古城哥要念大學嗎？」

凪沙訝異地睜大了眼睛。矢瀨則意外地回望凪沙說：

「他姑且是以紘神市立大學為目標啦……欸，妳們兩個都沒聽古城提過嗎？」

「不……曉學長什麼都沒有跟我說……」

雪菜與凪沙瞥向彼此的臉，然後無力地嘀咕。古城有好好想過自己的將來，而且雪菜什麼都沒有得知，這讓她大受動搖。

「說到這個，姬柊，妳在古城畢業以後有什麼打算？要繼續讀彩海學園嗎？」

「這……我都還沒有想過……」

「是嗎。那麼，古城的監視者也有可能換人嘍。」

矢瀨用不以為意的語氣嘀咕。那句話冷不防地深深鑿進了雪菜的心。

雪菜被選為古城的監視者，理由只是他們年紀碰巧相近，便於編進同一所學校就讀而已。只要古城從彩海學園畢業，雪菜就沒有續任監視的必要性。

「等……等我一下，雪菜……！」

雪菜用恍惚似的腳步走出學園，而凪沙連忙追了過去。

對彼此保持沉默的兩人就這麼繼續走著，不久凪沙彷彿下定決心般朝雪菜喚道：

「雪菜，在妳消沉的時候說這些也不太好意思，但是我放心了呢。」

「咦？」

「原來妳不是因為任務才陪在古城哥身邊，而是真的有心跟他在一起。」

「這……」

雪菜訝異似的停下腳步了。

她反射性地想否認，卻什麼也沒說就沉默下來。隨後——

「雪菜！」

被人用聒噪的聲音叫了名字，雪菜疑惑地回過頭。狀似焦急萬分地趕來的人，是她熟識的一名少女。

「……紗矢華？看妳急成這樣，怎麼了嗎……？」

「我的事情無所謂啦！重要的是，妳看這什麼狀況？雪菜，妳知情嗎？」

雪菜露出困惑臉色，紗矢華將手機舉給她看。上頭顯示著淺蔥的自拍照。那是以景色優美的海邊等處為背景拍攝的，並無奇怪之處。

「藍羽學姊在社群網站上的帳號？這張圖片怎麼了嗎……？」

「這是心機照啦，心機照！妳看，當中有玄機！這陣子她每天都這樣！」

雪菜看了紗矢華放大過的照片，短短地倒抽了一口氣。

淺蔥背後的金屬或玻璃等處，映出了看似古城的人影。每張照片都是在平日的傍晚投稿。古城理應在接受那月補習的時段。

「……意思是，曉學長和藍羽學姊每天都一起出去玩？」

「我、我覺得是那樣沒錯啦……」

雪菜靜靜地提問，紗矢華從她的聲音感受到謎樣壓力，表情隨之抽搐。

「哎呀，姬柊雪菜？妳沒有跟叶瀨夏音在一起？」

另一個學生在這時候路過，還用了毫無緊張感的聲音朝雪菜搭話。那是有著純白髮絲的國中部少女——香菅谷雫梨．卡斯緹艾拉。

雪菜納悶地回望雫梨說；

「我跟夏音？為什麼妳會那麼想呢？」

「呃，剛才古城跟叶瀨夏音約在外頭碰面，我還以為妳也會跟她一起——」

「……跟古城哥約在外頭碰面？可是，古城哥說他今天放學後要補習……」

凪沙把說到一半的話吞了回去，然後用畏懼的目光看向身旁的雪菜。

「姬、姬柊雪菜？」

雫梨發現雪菜默默杵在原地，表情便隨之緊繃。

雪菜的全身正在頻頻顫抖，還靜靜地釋放出如火焰般的怒氣。

「——曉學長！你在哪裡！」

雪菜回到彩海學園以後，粗魯地踏進了古城的教室。然而放學時刻已過，教室裡當然空無一人。

「古城哥不在耶。夏音也是。」

凪沙環顧無人的教室說道。雪菜細心觀察過周圍，然後帶著銳利的眼神抬起了臉孔。

「學長的氣息……！在樓頂……？」

「咦？等、等我啦，雪菜……！」

雪菜衝出教室，凪沙急忙追在她的後頭。

「為什麼雪菜剛才那樣就能分辨曉古城的下落？」

「簡直像狗一樣呢。不知道該說她是忠犬，還是獵犬……」

紗矢華有些傻眼地嘀咕，雫梨則露出了難以形容的表情。

在一行人東拉西扯間，雪菜爬上校舍內的樓梯，使勁衝到樓頂了。

傍晚的天空底下，可以看到身穿豪華禮服的南宮那月；還有矢瀨與叶瀨夏音。

「怎麼了，姬柊雪菜？瞧妳臉色都變了。」

那月回過頭，並且用毫無感情的眼神看向雪菜。

「南宮老師，請問曉學長在哪裡？」

「妳要找曉的話，這時間他差不多該回來了……」

「該回來了？」

那月的奇妙用詞讓雪菜微微蹙起眉。下一刻，雪菜等人眼前的景物，便隨著強烈的魔力波動產生扭曲。

「空、空間操控術式？」

雪菜望著在半空展開的精細魔法陣，並發出驚呼。從那道魔法陣似乎吐出了東西，有人影於虛空現身。

「唔、唔喔喔喔喔喔喔！」

「曉、曉學長？」

最先出現的是穿制服的曉古城。被他抱在臂彎裡的人，則是抓著手機的藍羽淺蔥。同時，從空中的魔法陣還有水如瀑布般湧出。古城他們不知怎地隨著大量的水一起做了空間移轉。

「這是什麼？海水……？」

淋到水花的紗矢華發出尖叫。海水從打開的空間孔隙無窮無盡地流出，校舍的樓頂便立刻淹水。看來古城他們使用的空間移轉門是跟某處海底接通了。

「唔……這樣不妙。」

那月臉色險惡地嘀咕。在魔法陣消失的前夕，有一道巨大形影穿過空間孔隙並化為實體。全長超過十公尺的大型魔獸，彷彿將鯊魚跟蜥蜴融合在一起。

「大海蛇？為、為什麼棲息於外海的魔獸會出現在這種地方！」

雫梨仰望著掙扎扭身的魔獸，表情僵硬。

「唔喔喔喔，糟糕！要出人命啦！這樣會被牠吃掉！」

「欸，摩怪！你想想辦法！」

『抱歉，小姐。運算已經到負荷極限了……』

古城等人快要被魔獸壓扁，各自發出了不堪的尖叫聲。

那月無奈地搔頭，並且從虛空射出了銀鏈。接著將魔獸五花大綁的她，回頭看了背後的雪菜等人。

「連多餘的東西都被移轉波及到了……沒辦法。小丫頭們，來幫忙。」

「好、好的！」

「唉唷，現在到底什麼情況！」

雪菜等人拔出了愛用的武器，被迫在混亂之間挑戰魔獸。放學後的樓頂上，就這麼莫名其妙地展開了一場與魔獸的死鬥。

幾十分鐘後——手握長槍的雪菜被魔獸的血濺了滿身，用能劇面具般的臉孔，面無表情地低頭看著濕漉漉坐在樓頂的古城。

「學長，能不能請你解釋？你到底瞞著我在做什麼？」

「呃，這個嘛……」

古城一邊撥起被海水濡濕的瀏海，一邊像個挨罵的孩童般目光亂飄。

代替他開口的是淺蔥。

「古城在做瞬間移動的特訓啦。」

「妳是指……空間移轉嗎？曉學長在特訓……？」

「精確來說，應該是我跟古城。」

淺蔥回望驚訝的雪菜，並且毫不慚愧地說。

「空間移轉不是只有像南宮老師那樣強大的魔女才能用嗎？」

凪沙小聲地問矢瀨。不是——矢瀨搖頭說明：

「空間移轉的術式本身是對外公開的啦。雖然人類沒辦法像那月美眉一樣隨時隨地愛怎麼用就怎麼用，但只要步驟正確，懂魔法的人都可以施展。」

「啊……所以夏音才會跟你們在一起？」

「是的。這是我向爸爸借來的空間操控魔法規格書。」

夏音當眾攤開了捧在胸前的厚厚魔導書。夏音的養父——叶瀨賢生曾是阿爾迪基亞王國的宮廷魔導技師。而且也懂得使用空間操控魔法。

「找藍羽替你進行魔法運算，藉此求出移轉所需的座標，這算是不錯的主意。畢竟空間操控系魔法的難度之所以高，就是因為固定座標所需的魔法運算太過複雜。」

那月冷冷地低頭看著古城他們說道。

憑古城的技術與知識，用不了空間移轉那種高難度的魔法。需要有身為該隱巫女的淺蔥從旁支援。這幾天，古城他們就是在那月的指導下一直做那樣的練習。淺蔥上傳到社群網站的那些照片，則是他們進行空間移轉特訓的紀錄。

「然而，實際發動魔法的曉古城——我就明確地說吧，你缺乏才能到了令人絕望的地步呢。」

「令、令人絕望……？」

古城受了刺激似的臉部抽搐。

「只有魔力量超乎常軌，卻沒有使用魔法的知識、技術與天分。如果想要正常運用空間移轉，最起碼得花十年工夫。你太小看魔法了。」

「真假……」

古城聽了那月辛辣的評語，洩氣地垂下頭。傷腦筋呢——淺蔥板起臉孔。

「那個……古城，你為什麼會想用空間移轉呢……？」

雫梨偏過頭問。

即使要修練魔法，不從適合新手的簡單項目起步，忽然就挑戰空間移轉這種高難度魔法是很不自然的。那月會給予協助也讓人覺得奇妙。

「……因為我打算上宇宙。」

古城承受到在場所有人的視線，才不甘不願地說明。

「你說的宇宙，該不會是像奧爾迪亞魯公那樣，要前往『東土（艾爾瑟）』？」

紗矢華變了臉色逼問古城。

天部的遺產「異境」，是一座飄浮在宇宙空間的巨大傳送裝置。只要利用它，就可以前往名為「東土」的龍族故鄉——遠在幾百光年之外的系外行星。對於當代的人類來說屬於破格的超世代科技。

正因為那是未知的技術，風險當然也高。一旦踏進「東土」，就不保證能回來。然而，那也是獲得新知識與名譽的幾會。於「東土」上頭，有目前地球已喪失的「冒險」在等著。

奧爾迪亞魯公迪米特列．瓦特拉與他的夥伴，早就踏上另一個世界的旅程了。古城若是跟他們一樣以「東土」為目標，說來也不足為奇。畢竟只要待在這邊的世界，古城就無法從世界最強吸血鬼的頭銜與責任獲得解脫。

假如古城真心想要自由，雪菜沒有辦法阻止他。所以相對地，雪菜告訴古城：

「學長，我也要去。」

「……姬柊？」

古城訝異地看向雪菜。雪菜則貼到古城的胸前說：

「我也要跟學長一起去！學長不是說過會負責任的嗎！還說過會永遠陪在我身邊！明明是這樣的，為什麼學長要離我而去！」

在雪菜背後，發出紗矢華倒抽一口氣的動靜。夏音、雫梨還有凪沙等人的視線都扎在雪菜背上。即使如此，雪菜還是沒有把話停下來。

「我絕對不會跟學長分開的！就算學長說不要，我也會跟去！因為我是你的第一個『伴侶』……！」

雪菜用淚濕的眼睛仰望古城。古城有些不可思議地低頭看著那樣的雪菜，然後用了頗為爽快的語氣說道：

「這樣啊。姬柊，那妳也一起去吧。」

「欸……！曉、曉古城！」

紗矢華急得聲音變調。另一方面，淺蔥毫未動搖地點頭說：

「沒什麼不好的啊？獅子王機關的劍巫在魔法方面應該有足夠素養。由我負責魔法運算，再讓姬柊學妹構築術式，古城技術不足的問題就能獲得解決嘍。」

「姬柊也願意那樣嗎？」

古城回望雪菜再次向她確認。雪菜一邊擦著眼角的淚水，一邊毫不猶豫地點頭說：

「是的。學長，我們到死為止都要在一起。」

「呃，與其說到死為止，往返大約要三個月就是了。」

妳也太誇張了──古城說著笑了笑，雪菜則是愣愣地眨了眼睛。

「三個月？但是去『東土』的話，不是沒辦法確定能不能回來嗎……」

「妳好像有誤解耶，我們要去的不是『東土』，而是火星喔？」

淺蔥不可思議地望著雪菜說道。

「……火……火星？」

「其實去月球或哪裡都可以，但我想選在火星比較能讓人了解經濟效應。」

「妳說的經濟效應……是指什麼？」

雫梨蹙起了眉頭。

「我是指異境之子——被用在眷獸彈頭的人工吸血鬼能帶來的經濟效應。」

淺蔥聳聳肩說道。

所謂異境之子，就是該隱被封印在異境的遺產。其真面目為六千四百五十二發眷獸彈頭——換言之，那是指身上有眷獸寄宿的一群人工吸血鬼少女。

「目前是由世界各地的魔族特區在保護那些異境之子，不過，往後就算有人又打算把她們當兵器運用也不奇怪吧。為了防止那種事發生，必須賦予她們比當成炸彈消耗更高的價值唷。」

「啊……所以要從事宇宙開墾？靠她們擁有的眷獸……」

紗矢華大為瞠目。淺蔥微笑著點頭認同。

「沒錯，那跟第四真祖一樣屬於『星之眷獸』。從地球的地脈切離以後，照樣能隨意供給魔力，這是只有古城與那些孩子才辦得到。所以即使在宇宙空間也能施展大規模魔法。」

「換句話說，只要有她們在，便可以靠空間移轉傳送到其他行星。靠化學火箭得要兩年才能往返的火星旅行，時間也可以縮減到十分之一以下。只要付諸實用，經濟效應將會無從估計。」

矢瀨為淺蔥的說明做了補充。原來如此——凪沙亮起眼睛說：

「我懂了……淺蔥，原來你們打算靠實驗證明那一點……」

「差不多啦。為此必須打造太空船，還得召集投資者才行，實際上我們大概要等四、五年以後才去得了火星。」

「啊……所以古城哥才說要去念大學？」

「知識盡量多一點比較好吧。何況大學生的身分也能獲得不少通融。」

古城略顯害臊地搔頭。接著，他重新面對眼前的雪菜說：

「哎……事情就是這樣嘍，姬柊……」

「……不、不是的……我剛才不是那個意思……！」

雪菜急得聲音發抖。她想起自己先前的言行，因而羞恥得臉紅。畢竟雪菜對古城說的話，也可以解讀成愛的告白。

「我說要跟學長永遠在一起……是、是以第四真祖監視者的身分……意思是要執行任務……所以說，呃……不、不是學長想的那樣——！」

「這樣喔，古城哥要帶雪菜和淺蔥到火星旅行啊……該說是左擁右抱嗎？感覺簡直就像新婚旅行耶。」

「等他們回來以後，家人說不定就變多嘍。」

凪沙和矢瀨用溫馨的表情看著雪菜拚命找藉口，還賊賊地笑了起來。

紗矢華聽見那些，就驚恐地睜大了眼睛。

「啥！不、不可以那樣！我也要去！為了監視你們，我也要一起去！」

「煌坂紗矢華去了只會自身難保。要監視的話，還是得讓我隨行。」

「那個……既然如此，我也想一起去……」

連雫梨與夏音都趁機說起這種話。

「等一下，事情為什麼會變成那樣！」

聽了紗矢華的發言，慌起來的是古城。原本理應機密推動的計畫露餡以後，參加者立刻一路增長。話雖如此，既然他們答應讓雪菜隨行，就不方便叫紗矢華別跟來。

「怎麼辦呢，古城哥，你負得起責任嗎？」

凪沙使壞似的問了那樣的古城。淺蔥默默聳了聳肩。

一回神，古城與近距離仰望自己的雪菜對上目光了。雪菜露出帶有威迫感的微笑，彷彿在說「我不會讓學長溜掉喔」──

「饒了我吧……」

古城仰望開始有星光閃爍的天空，並且深深地嘆了氣。

附錄極短篇4
獵櫻

「呃……學長。我們是來賞櫻的對不對？可是你卻說要帶泳裝，究竟是怎麼一回事啊？」

姬柊雪菜換上了兩件式泳裝，還帶著困惑的表情向古城問道。

雪菜體型嬌貴，身材卻絕對不算差。緊緻柔韌的體態與粉紅色泳裝十分相稱。

「我們是來獵櫻的耶？不穿泳裝會弄濕吧。」

曉古城在泳裝外面套了連帽衣，並且納悶似的回望那樣的雪菜說道。

時值春季，絃神島卻是浮在太平洋上頭的常夏人工島。傍晚的海邊來了許多跟古城他們一樣穿泳裝的年輕人。

「學長說的獵櫻，是賞櫻的另一種修辭表現吧？跟獵楓含意相同。」

「我們要看的倒不是花，而是櫻海月。」

「我剛才就是在問賞櫻……話說像這樣的沙灘，會有櫻花綻放嗎？」

雪菜環顧四周，但是在絃神島的人工海灘當然連一棵櫻花樹都看不到。只有充滿南國風情的高大椰子樹。

古城不以為意地走向海邊說：

「不到海邊就沒辦法獵櫻吧？啊，對了。妳要小心櫻花漩渦。」

「櫻花漩渦？學長不是指被強風颳落的櫻花？」

陌生的謎樣字眼讓雪菜蹙了眉。

隨後，讓人聯想到夜空的傍晚海面，被零零星星的光源點亮了。

「哦……時候差不多嘍……」

古城說著就走向海中。

雪菜急忙追到古城後頭，卻發現海裡有東西而停下腳步。

「這……這是……？」

雪菜驚愕地睜大了眼睛。從海邊到洋上，有淡紅色的光正在海裡頭搖晃。

簡直像櫻花的花瓣正從海底往地面飄上來。

「這是絃神島的名勝，幼體櫻海月。只有在此時期，牠們才會在海岸附近大量出沒。」

「學長說的櫻海月……是指水母？原來……這些全都是水母嗎！簡直像在海中盛開的櫻花……」

好壯觀——雪菜倒抽了一口氣。無數水母主動發出櫻花色的光。牠們飄搖於波浪間的模樣，與落櫻隨風飄舞的景象十分相似。海面上可看見大群成熟水母，猶如整片盛開的櫻花森林。

「對吧。而且當季的櫻海月非常美味喔。還可以當成高級食材賣到好價錢。」

「所以才聚集了這麼多人嗎……」

雪菜望著人們爭先恐後往海裡去，露出複雜的表情。她似乎發現獵櫻跟退潮時挖貝類是類似的行為了。

「姬柊，妳別太靠近海面。會有危險。」

雪菜彷彿深受櫻海月的吸引，古城便制止了在海裡越走越近的她。

回頭的雪菜使壞似的微笑說道：

「學長，因為你不會游泳嘛。」

「沒辦法啊。誰教我是吸血鬼！」

古城臉紅地回嘴。雖然他身為世界最強的吸血鬼「第四真祖」，太強大的能力在日常生活中卻幾乎派不上用場。早上起床會覺得一陣煎熬，還會湧上吸血衝動，基本上對他全是壞處。

然而，雪菜對古城投以疑惑的眼神說：

「吸血鬼不會游泳，應該是毫無根據的迷信耶……」

「我的事情無所謂啦！剛才跟妳說有危險，並不是因為會溺水——」

古城板起臉孔回話。就在這個瞬間，雪菜前方有異變出現。彷彿有某種巨大的物體通

過，海面下陷捲起了漩渦。附近的成群年輕人被漩渦捲入，因而發出哀號。

「櫻花漩渦……！櫻海月王居然在這種淺灘出現了嗎！」

「櫻……櫻海月王……？」

雪菜茫然地嘀咕。在捲起漩渦的海面中心，有隻散發櫻色光芒的巨大水母現身了。全長輕鬆超過十公尺以上。夠格稱為水母之王的怪物。

「糟糕……！」

雪菜受了動搖而停下動作，腳踝便被櫻海月王用觸手纏住。站不穩的雪菜直接被牠拖進漩渦猛烈的海中。雪菜看大群櫻海月看得入迷而鬆懈，這算是她的失策。絃神島是「魔族特區」——無論出現什麼怪物都不足為奇的地方。

即使想反擊，也因為無法呼吸而不能唱誦禱詞。雪菜就這麼束手無策地被櫻海月王拖進海中。當她覺悟到會死時，櫻海月王隨即因為意想不到的衝擊炸開了。為拯救身陷危機的雪菜，理應不會游泳的古城跳進漩渦，出手痛扁了櫻海月王。

「唔喔喔喔喔喔！」

「學長……！」

被世界最強的吸血鬼以腕力痛毆，櫻海月王受到了致命傷害。

然而古城也被櫻花色的觸手糾纏住，直接沉到了海裡。

咳——古城一邊無力地咳嗽，一邊在沙灘醒了過來。雪菜用大腿枕著古城，看似不安地探頭看了他。

「你醒了嗎，學長？太好了……」

「姬柊……？我好像跟櫻海月王一起溺水了……是妳救了我嗎？」

古城一邊伸手摸自己的嘴唇，一邊發問。在海裡失去意識的前一刻，他記得有個如天使般展開翅膀的少女朝自己伸了手。溺水的古城更記得她幫自己做了人工呼吸。

「呵呵……誰曉得呢……？」

回話的雪菜卻一臉不知情地將目光轉開。她望著夜櫻——不對，她望著夜櫻海月在海面熠熠生輝，臉頰不知怎地染上了些許櫻花的色澤。

特別篇

Prologue XXIII

Magaul Atoll——又名「聖鳥環礁」。那是位處東南亞地區，亦有獲得聖域條約機構認可的魔族特區。

它是一座興建於天然珊瑚礁上的海上都市，在成為魔族特區之前，更是以傲人美景而知名的高級度假勝地。

土耳其藍的平靜海面在陽光照耀下一片燦爛。

海灘被純白的珊瑚砂所覆蓋。

椰葉屋頂的水上別墅於透明度高的海面上林立成排，看起來也像浮在半空。

而在水上別墅群當中，有棟格外豪華的建築物——

一名少女正待在那裡面，手拿平板電腦，橫躺於藤織的床上。

少女的年齡約為十六、七歲。

略顯成熟的臉孔五官端正，眼睛呈淡綠色。

亮褐長髮不經修飾地盤成了圓圓的髮髻。

身上穿的是露臍無袖背心與熱褲。搭配嬌弱的體格，看起來宛如放暑假的小學生。

若要說到不像小學生的地方，那就是她戴在兩腕的粗手鐲吧。

灰輝銀製的那對手鐲鑲著大顆寶石，時價就算估得保守點也不下幾十億圓。搞不好還是國寶級的貨色。

「殿下，圖葉公女殿下。」

少女被人用責怪似的語氣喚了名字，不甘願地回過頭。

站在別墅門口的人，是個穿著騎士裝扮的修長女子。她看見少女躺在床上，狀似不悅地蹙著眉。

「──您還待在這種地方啊，殿下。而且穿得這麼不成體統。」

「才沒有不成體統呢。時下穿這樣很普通吧。」

被稱作公女殿下的少女──賽麗卡．圖葉．卡提加拉彷彿在挑釁耿直的女騎士，還將無袖背心的下襬掀起來晃了晃。

「昨天忙公務到半夜就已經夠累了。沒東西療癒的話誰受得了。」

話說完，賽麗卡就在床上將雙手雙腳伸開躺平了。

仰臥的她，眼裡映著的是尺寸放大到足以蓋住天花板的男性照片。

色素斑駁的灰髮少年。仔細一瞧，會發現五官長得還算有英氣，卻因為慵懶的表情而不甚顯眼。是個尋常無奇的日本高中生。

別墅裡陳設的照片不只一張。

牆壁、梁柱、門後與家具上擺的相框——房裡到處都貼著同一名少年的照片。身穿制服或便服的模樣自然不用說，當中甚至連不知道怎麼拍攝到的更衣照片及睡臉都有。每張照片的視線都微妙地偏離鏡頭，那是因為這些照片全是被人偷拍的。

「這個房間……讓您感到療癒嗎？」

女騎士板起臉孔反問。

畢竟房間裡滿滿都是偷拍的異性照片。況且對方何止不是朋友，連熟人都不算。她會感到詭異是當然的。

然而，賽麗卡看她不敢領教，不滿地噘起了嘴唇。

「咦～為什麼嘛？看了很療癒吧？他是第四真祖耶，世界最強的吸血鬼。不僅救了絃神島，還替全世界解除了好幾次的危機，而且都不會到處張揚，寧願將身分隱藏起來裝成平常人。他這樣很帥耶。」

「是啊。雖然好像只有他本人以為真實身分瞞得住……」

「明明都穿幫了卻沒有發現，也迷糊得很可愛啊。」

「唉。既然殿下您這麼說，或許是那樣沒錯。」

女騎士草率地答腔。

對這位公女說什麼都沒用，如此心想的她似乎放棄了。

「哎，我好想見你喔，古城大人。見面以後，我想跟你做一些黃黃的事、色色的事、會懷小寶寶的事。」

「殿下……那種想法說得太大聲，我認為是不妥的……」

「為什麼呢？替聖公家傳宗接代很重要吧。如果對方是第四真祖，我想父親大人也不會抱怨啊。」

「或許確實是那樣，然而第四真祖不是已經有血之伴侶了嗎？還有傳聞指出，他跟阿爾迪基亞的公主訂了婚約。」

「啊……拉・芙莉亞嗎？那個女生有點難纏耶。」

賽麗卡抱起了擺在床上，全長約六十公分的曉古城玩偶嘀咕。

阿爾迪基亞王國第一公主拉・芙莉亞・立赫班。有著被譽為美之女神(Freja)再世的美貌，至少表面上是以滿懷慈悲的為人而聞名，更是國際名人。

最重要的是，她能使役強大的精靈。

只要拉・芙莉亞認真應戰，連賽麗卡多少也會覺得棘手才對。那位公主可是少數讓賽麗卡認同實力與自己相當的難纏敵人。

「會看上古城大人，只能說拉・芙莉亞實在有眼光。哎，雖然我也不想把古城大人讓出去啦。只要犧牲掉一條手臂或腿，我想自己還是有辦法對付她的。」

「可以的話，能不能請殿下用和平一點的手段解決問題呢？」

「才不要。鬥嘴的話，我又不覺得自己能吵贏拉・芙莉亞。就算那樣，要比女人味還是我吃虧。那個女的明明瘦成那樣，奶子卻好大……」

「請您注意用詞！」

「耶嘿。」

被嘮叨的女騎士訓斥，賽麗卡毫不慚愧地吐了吐舌。

接著公女心血來潮似的拿起平板電腦，熟練地打開了照片資料夾。資料夾裡有容量滿到極限的曉古城偷拍照。

而那些照片，幾乎都有一名女性入鏡。

那是揹著裝貝斯用的樂器硬盒，髮色烏黑的嬌小少女。

「啊，不過古城大人寵愛的那個女生，其實也不算巨乳耶。或許，古城大人對胸部大小並沒有講究。」

「唉……您說的，是那個女生？」

「對對對。在獅子王機關擔任劍巫還什麼來著的攻魔師。她有點離譜喔。我一跟蹤古城大人就會立刻發現，裝設在古城大人房裡的竊聽器與盜錄鏡頭也全都被她找出來丟掉了，我如果想去翻古城大人丟掉的垃圾袋，她還會派式神到公寓垃圾場干擾……」

「真優秀呢，不愧是獅子王機關……倒不如說，無論怎麼想，離譜的人都是您吧，殿下……」

「為什麼啦！妳以為父親大人是為了什麼才讓我到紘神島留學的！」

「至少，我想並不是為了讓您跟蹤第四真祖……」

「不，我不想聽那種正確道理！」

被女騎士語氣嚴肅地糾正，賽麗卡捂住兩耳縮成了一團。

在東南亞王國聯盟——通稱「十六大國」的成員國當中，歷史最為悠久的卡提加拉聖公國公主不該是這副模樣。

沒錯。過去一年，賽麗卡曾經祕密到紘神島留學。

目的是視察與聖鳥環礁同為魔族特區的紘神島，並確認據稱在紘神島遭目擊的第四真祖是否存在。

從結論來說，賽麗卡應該算是達成目的了。

她克服日本政府的欺敵工作，還有他國諜報機關的妨害，成功挖出了第四真祖的真實身分，還蒐集到與他相關的詳細情資。其熱情遠遠超出了公女被要求的情蒐水準。

結果造就了現在的賽麗卡。

換句話說，她只是曉古城的追星族——倒不如說，更像個症狀嚴重的跟蹤狂。

「對了夏力妲，妳來做什麼的？總不會是為了向我說教？」
賽麗卡朝著表情險惡的女騎士問道。
女騎士——夏力妲．哈凱特深深地嘆了氣搖頭。
「新總裁就職紀念典禮的參加者名單送到了。」
「參加者名單？舞會的嗎！」
賽麗卡抱著曉古城玩偶，猛然站起身。
聖鳥環礁的現任總裁再過不久，預定就會以年邁為由卸任，而且，新總裁的姓名已在日前發表了。
新總裁將是卡提加拉聖公女。換句話說，就是賽麗卡．圖葉．卡提加拉。
而且在兩個月後，將會舉行慶祝賽麗卡就職新總裁的舞會。在受邀貴賓的名單上，當然也有絃神市國的領主第四真祖——曉古城名列其中。
「得到回應了？古城大人是怎麼說的？」
「儘管曉大人的姓名並未明載，從絃神市國接到的回應是說第四真祖本人將會出席。伴同赴會的則是上一任第四真祖，奧蘿菈．弗洛雷斯緹納——」
「奧蘿菈……？哦……那還真是意外的人選呢……」
在賽麗卡的翡翠色眼睛裡，一瞬間閃過了火焰般的光彩。

夏力姐察覺那一點，生畏似的後退一步。

然而，公女從夏力姐手裡接過參加者名單之後，翻閱名單的表情早已被一如往常的無邪笑容蓋過了。

「呵呵……這樣啊。古城大人會來……好高興喔。為了保險起見，我是不是也要先準備火辣的內衣比較好呢？妳覺得怎樣，夏力姐？知不知道哪間店可以推薦給我？」

「我不知道，而且您恐怕也不需要做準備……」

女騎士用正經八百的態度搖頭。

而且，她遲疑似的讓視線游移了好幾次，才下定決心般開口：

「殿下……您真的要解放『那個』嗎？」

「當然嘍。為了那麼做，我還辛勤地投入麻煩的公務，一路準備至今呢。」

賽麗卡擺出了毫不猶豫的笑容說道。

如同為數眾多的其他魔族特區，聖鳥環礁也藏有祕密。

絕不能讓他國得知的駭人祕密。

賽麗卡的願望，則是解放那道「詛咒」，進而獲得自由。

在這世上，只有一個人能助她實現——那就是曉古城。

「要解開聖鳥環礁的詛咒，只能用更強大的詛咒去壓制。沒有錯，比如像『天部』創造

出『弒神兵器』那樣的詛咒。」

呵呵——賽麗卡優雅地微笑，並且抱起了人偶。

「我等你喔。古城大人。這次，我絕對不會讓你逃掉了。絕對、絕對、絕對、絕對、絕對、絕對、絕對、絕對、絕對、絕對不會讓你逃跑——所以，你要趕快來見我喔。」

嘀咕著的賽麗卡眼裡，已經看不進夏力妲了。

她看著的只有占滿房間的曉古城照片。連捏扁的人偶縫線迸開，使得棉花從中冒出來都沒放在心上。

「我這個專殺真祖的『勇者』——會等候你大駕光臨。」

細語間，銀色鐲子在她的左右手腕微微地顫動了。

鐲子上鑲的寶石，在南國豔陽下散發出青白色光芒。

那是燦爛如火的碧藍色。跟以往被稱為真祖的某位吸血鬼眼睛有著相同色彩。

〈Continued on Episode "Magaul Atoll"〉

後記

離上一集《ＡＰＰＥＮＤ３》隔了約一年四個月之久！就這樣，讓大家久等了，已向各位奉上《噬血狂襲　ＡＰＰＥＮＤ４》。

本作是將動畫《噬血狂襲》的ＤＶＤ、藍光光碟版購入特典發表過的番外篇，還有為電擊文庫的活動、書店活動所寫的極短篇等等，配合文庫體裁潤色修改而成。

相較上一集，也大幅增加了全新加筆的內容。我覺得內容既能補強絃神島的日常元素，還可以體會更貼近正篇的氛圍。若能讓各位開心便是甚幸！

■〈人工島的夕陽〉（新撰短篇）

由於我很喜歡讓古城與雪菜兩人獨自探索陌生土地的情境，因此一有機會就想寫。我也喜歡讓雪菜與那個女孩圍繞著古城認真較勁。順帶一提，鋼筋混凝土建造的大樓，其法定耐用年限似乎是四十七年。

■〈在魔族特區是常有的事〉（初出於「《電擊文庫FIGHTING展（2014年夏天）》讀者贈品」）

這次指定撰寫以「進化」為題的作品，便寫了這部極短篇。想到在這段插曲裡登場，尚屬實驗階段的「只溶衣物史萊姆」，在將來會變成新撰短篇裡登場的那個玩意，感覺就饒富趣味呢。雪菜的衣服被溶化了兩次……！

■〈白日小怪談〉（初出於「OVA《噬血狂襲》消失的聖槍篇」）

明明是在講怪談，結果卻讓人覺得「怎麼會變成這樣呢」的一段插曲。即使被召喚到樣板化的異世界，古城肯定也還是古城吧。

雖然企畫中途告吹了，其實有段時期還認真考慮過要不要推出噬血狂襲的異世界外傳作品。從現在開始也好，要是有誰肯寫就太令人高興了。

■〈在她的心裡……〉（初出於「OVA《噬血狂襲Ⅳ》1」）

雪菜與古城在房間裡打情罵俏的系列其一。雪菜鮮少表露出心聲，不過她其實是有積怨的喔——是這樣的故事。亮點在於會對她造成壓力的事並非奉任務監視古城，而是見不到古城。

■〈獅子王機關的新裝備〉（初出於「電擊文庫官方海賊本《電擊SPLASH！》」）

由マニャ子老師先繪製插圖，然後我才撰寫小說——使用了有點跳脫常軌的形式來創作的極短篇。能在這種企畫中為不太有機會亮相的紗矢華寫故事，讓我有點欣慰。

■〈熾熱的死鬥〉（初出於「ＯＶＡ《噬血狂襲Ⅳ》２」）

雪菜ＶＳ雫梨的第二場直接對決。剛好這時候在ＯＶＡ正篇也演到雪菜與雫梨徒手互搏。在噬血狂襲的相關極短篇當中，這是我數一數二中意的插曲，也很喜歡收場方式。是滿有絃神島魔族特區風情的一篇故事。

■〈妳不在〉（初出於「ＯＶＡ《噬血狂襲Ⅳ》３」）

能以古城的角度窺見他對雪菜有何感情的寶貴插曲。與其說他在吃醋，感覺更像是得知自己當妹妹對待的女生交到男友，內心就有了疙瘩的哥哥——這是我替古城設想的距離感。而在這段插曲的時間點，雪菜對古城來說算是莫名仰慕自己的可愛學妹。她離開身邊是會覺得落寞，卻也沒有立場發牢騷，如果能將古城心裡的這種糾葛傳達出來，就太令人欣慰了。

■〈凪沙的歡樂心理測驗〉（初出於「《電擊文庫超感謝祭2017》讀者贈品」）

這也是我個人很中意的極短篇。由於主題限制為「歡樂」，因此索性把「歡樂」放進標題，並試著全力營造歡樂感。描寫古城、雪菜、凪沙在上學途中的一幕。還記得當時為了編造煞有介事的心理測驗而煞費苦心。

■〈忘掉一切〉（初出於「OVA《噬血狂襲Ⅳ》4」）

雪菜與古城在房間裡打情罵俏的系列其二。我從以前就有醞釀過古城失憶的題材，因此很高興可以實現。

■〈會有點刺痛喔〉（初出於「《電擊文庫超感謝祭2020》讀者贈品」）

古城被雪菜的正經性格耍得團團轉的插曲。我並沒有想在故事中宣導預防接種的重要性這種規模龐大的事情，不過如果能讓各位在遇到狀況時，回想起雪菜穿護士服的模樣，藉此稍微忘記對打針的不安等事，那就太令人高興了。

■〈缺錢！〉（初出於「OVA《噬血狂襲Ⅳ》5」）

有點罕見的內政類插曲。淺蔥是個外掛開得相當大的角色，不過就連淺蔥這樣的人，要

搞好絃神島的財政似乎還是很辛苦。連意料之外的反派都再次登場，卻已經完全變成搞笑角色。果然特攝片的怪人復活後就是會變弱。

■〈臨時抱佛腳之惡夢難逃〉（初出於「ＯＶＡ《噬血狂襲Ⅳ》6」）

雪菜與古城在房間裡打情罵俏的系列其三。兩人之間什麼事都沒發生，只是共度一晚並作了相同的夢，僅此如此。還有一種說法認為我只是想讓雪菜穿高神之杜的制服罷了。

■〈盛夏的劍巫與白色液體〉（初出於「電擊文庫官方海賊本《電擊ISLAND！》」）

這也是配合插圖撰寫的極短篇，主題為「南島假期」。話雖如此，噬血狂襲本來舞台就設在南島，因此感覺滿一如往常的。作品本身是以表達「一如往常」的氛圍為目標。

■〈某次生日〉（初出於「ＯＶＡ《噬血狂襲Ｖ》1」）

ＯＶＡ進入最後一季了，因此我不予收斂，試著暗示角色們在正篇結束後的人際關係。希望各位能理解這到最後姑且仍是一場夢！紗矢華與拉．芙莉亞長大後好像仍是一對好搭檔呢。雖然這終究是一場夢。

■〈with you〉（初出於「OVA《噬血狂襲V》2」）

同樣是暗示正篇結束後會有什麼未來的插曲，不過這篇是正史而非一場夢。內容也可以當成OVA最後一集的日後談。我想只要讀過這篇，便可以料到在零菜那個世界的古城都在哪裡忙些什麼了。

■〈獵櫻〉（初出於「KADOKAWA輕小說EXPO 2020 跨書系合輯」）

這次指定要以「櫻花」為主題撰寫極短篇，不過紘神島以氣候來說不太可能讓櫻花綻放，煩惱到最後就寫成水母的故事了（為何？）。委託書上極直白地寫著：「總之讓女主角出場就對了，不需要男人。」這點令我印象深刻。可以表達得再婉轉一點吧……？

那麼，《APPEND4》就像這樣為各位奉上了，誠摯感謝大家願意陪伴至此。

到了最後，負責本作插畫的マニャ子老師，誠摯感謝您這次也完成了精美的畫作。

對製作、發行本書有關的所有人士，我要一併致上由衷的謝意。

當然，對於讀完本書的各位讀者，我也要致上最高的感謝。

那麼，但願我們還能在某處相見。

三雲岳斗

Lycoris Recoil 莉可麗絲 Ordinary days

Kadokawa Fantastic Novels

作者：アサウラ　插畫：いみぎむる　原案・監修：Spider Lily

由招牌店員錦木千束＆井之上瀧奈共同交織
電視動畫裡見不到的咖啡廳日常風景——

在能夠遙望遭到破壞的舊電波塔的東京東側，有間既時尚又美味的咖啡廳——LycoReco咖啡廳。美味的甜品、槍戰、遊戲、懷舊連續劇、喪屍、怪獸，以及公路電影……還有些微的愛？當然也少不了咖啡和助人！彼此的關係也一天一天愈來愈深厚——

NT$250/HK$83

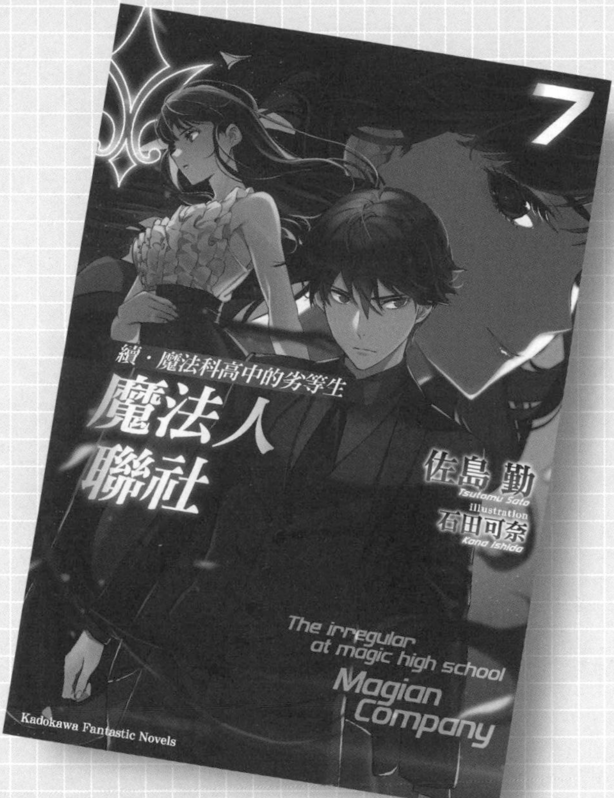

續・魔法科高中的劣等生

魔法人聯社 1~7 待續

作者：佐島 勤　插畫：石田可奈

IPU出兵到西藏向大亞聯盟宣戰！
世界危機迫在眉睫，達也的下一步棋是？

世界情勢即將大幅變化。IPU出兵到西藏，向大亞聯盟宣戰。同時日本國內也有動作，正以軍方為中心策劃派遣達也加入文民監視團。然而四夜家卻不准許達也出國。另外，大亞聯盟也繼續計畫暗殺達也，第一步就是悄悄接近一条將輝的某個人影——

各 **NT$200~220/HK$67~73**

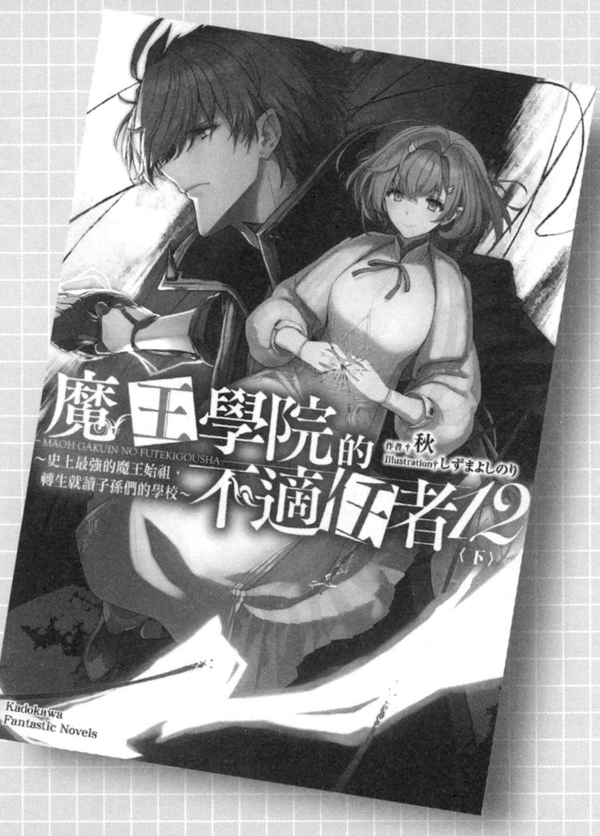

魔王學院的不適任者~史上最強的魔王始祖，轉生就讀子孫們的學校~ 1~12下 待續

作者：秋　插畫：しずまよしのり

一切要追溯到格斯塔與伊莎貝拉在彼此轉生之前，兩人首次相遇的那一刻——

阿諾斯為了討伐疑似襲擊母親伊莎貝拉的犯人，於是進入到「災淵世界」。然而敵人早已遭到殺害，阿諾斯因為碰巧撞見其根源滅亡的瞬間，被懷疑是殺害他的凶手。阿諾斯識破假裝助他脫困的友人才是真正的幕後黑手，道出一連串事件的真相——！

各 **NT$250~320/HK$83~107**

豬肝記得煮熟再吃 1~7 待續

作者：逆井卓馬　插畫：遠坂あさぎ

與潔絲一同找出瑟蕾絲不用喪命的方法——
根本是豬左擁右抱美少女的逃亡紀行？

為了讓變得異常的世界恢復原狀，瑟蕾絲非死不可？我們與被王朝軍追殺的她展開充滿危險的逃亡之旅，朝「西方荒野」前進。被兩名美少女夾在中間的火腿三明治之旅，出現了意料外的救兵。救兵真正的意圖是？而瑟蕾絲始終如一的戀情，又將何去何從？

各 **NT$200~250/HK$67~83**

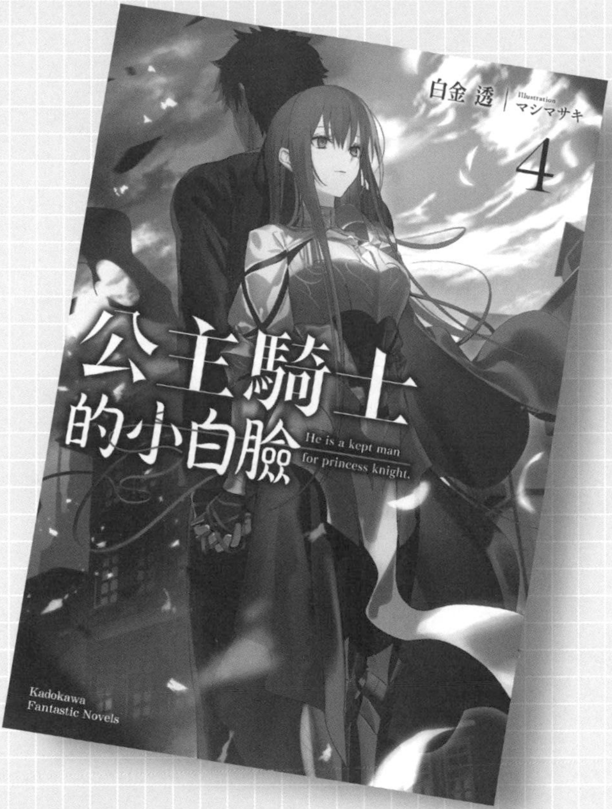

公主騎士的小白臉 1~4 待續

作者：白金透　插畫：マシマサキ

迷宮都市居民大肆慶祝建國節的背後，
艾爾玟為了打破困境選擇禁忌的手段！

回到迷宮都市的馬修一行人看到城裡居民完全不受「大進擊」影響，反倒準備大肆慶祝建國節。然而太陽神教正在逐漸把城市的黑暗之處染成一片赤紅。在這個大家都不顧別人死活的城市裡，只有艾爾玟挺身而出。黑暗系異世界輕小說第四集！

各 **NT$260~280/HK$87~93**

國家圖書館出版品預行編目資料

噬血狂襲APPEND. 4/三雲岳斗作；鄭人彥譯
. -- 初版. -- 臺北市：臺灣角川股份有限公司,
2024.07
　面；　公分. -- (Kadokawa fantastic novels)
譯自：ストライク・ザ・ブラッド APPEND
ISBN 978-626-400-231-8(平裝)

861.57　　　　113006679

Kadokawa Fantastic Novels

噬血狂襲 APPEND 4

（原著名：ストライク・ザ・ブラッド APPEND 4）

2024年7月24日　初版第1刷發行

作　　者：三雲岳斗
插　　畫：マニャ子
日版設計：渡邊宏一
譯　　者：鄭人彥

發 行 人：台灣角川股份有限公司
總　　監：呂慧君
總 編 監：蔡佩芬
主　　編：林秀儒
設計指導：陳晞叡
美術設計：黃永漢
印　　務：李明修（主任）、張加恩（主任）、張凱棋、潘尚琪

發 行 所：台灣角川股份有限公司
地　　址：104台北市中山區松江路223號3樓
電　　話：（02）2515-3000
傳　　真：（02）2515-0033
網　　址：www.kadokawa.com.tw
劃撥帳戶：台灣角川股份有限公司
劃撥帳號：19487412
法律顧問：有澤法律事務所
製　　版：巨茂科技印刷有限公司
ＩＳＢＮ：978-626-400-231-8